H. J. Schiffer · Partitur der Schatten

AF289119

Das Buch

Als der Pianist Maximilian eines Morgens aus seinen Träumen erwacht, wird er konfrontiert mit einer wunderbaren Prophezeiung: sein Horoskop verspricht ihm das Erscheinen einer Märchenfee, die sein Leben verändern und in Atem halten wird. Tatsächlich tritt wenig später die Regisseurin Morgana van Borg in sein Leben, die in seinem Schloss einen Dokumentarfilm drehen möchte. Mit dem Einzug des Filmteams überschlagen sich die Ereignisse. Eine Leiche wird gefunden, und mit der Inszenierung des Drehbuchs scheint die düstere Geschichte des Ortes und seiner Bewohner zum Leben zu erwachen. Gegenwart und Vergangenheit fließen ineinander, Personen tauchen auf und verschwinden wieder. Was ist Realität, was Einbildung oder wirken übersinnliche Kräfte?

Der Autor

Nach einer turbulenten Karriere als Dirigent und Pianist widmet sich Heinz J. Schiffer heute überwiegend seiner zweiten großen Passion − der Literatur.

»Bereits in seinem Debütroman *Die genetische Arche* zeigt sich Schiffer als anspruchsvoller Autor, dessen Interessen vor allem der Psychologie und Philosophie gelten. Dies streift aktuellste Wissensgebiete. Er präsentiert seine Gedanken darüber nicht trocken wissenschaftlich, sondern im äußerst spannenden Gewand eines modernen Kriminalromans. Sein Stil ist geprägt von Impressionen und Assoziationen. Seine Prosa bedient sich zunehmend geistig-sinnlicher Metaphern, um den Phänomenen des universellen Bewusstseins auf die Spur zu kommen.«

Westdeutsche Zeitung

PARTITUR
DER SCHATTEN

ROMAN

Oktober 2010
© Annette Schiffer
Satz und Layout: Heinz Schiffer, Ratingen
Covergestaltung: Kay Fretwurst, Spreeau
Herstellung und Verlag: Books on Demand GmbH, Norderstedt
Printed in Germany • ISBN 978-3-8391-8498-1

Für Annette

& Lavinia

Kapitel 1

Meine ersten morgendlichen Gedanken, falls sie überhaupt dem Labor der Träume entkommen konnten, bestehen zunächst einmal aus Worthülsen und Flüstertönen, wobei es schier problematisch scheint herauszufinden, wer da redet und wer zuhört.

Die Nacht ist ein Meisterwerk der Illusion und ein Paradebeispiel dafür, was sich in Reagenzgläsern erstellen und mit Scheinwissen wecken lässt, vielleicht ein Flugsaurier oder Formwandler, fast alles, was die Fantasie hergibt und der Verstand vernachlässigt.

Und so erinnert mich der Prophet der frühen Stunde, dem vernebelten Morgen ein halbwegs passables Antlitz zu verleihen, bestmöglich mit der Gewähr, die an mich gerichteten Erwartungen inklusive verschiedener Albträume aus den Federn zu schütteln.

Dass dies der Moment ist, da mich das hämisch breite Lächeln meines Flügels daran erinnert, meine Finger an die Allmacht der Töne weiterzureichen, ist dann schon eher symbolisch gedacht als konkret gemeint, möglicherweise auch die Befürchtung, mich dieser Option zu besinnen, um Schlimmeres zu verhindern.

Gewiss war es nicht die Logik, die mich einstmals an die Tastatur brachte, eher schon der Narr in mir. Schließlich ist der Beruf des Pianisten eine ewig während Etüde, ein Perpetuum mobile nimmermüden Antriebs oder auch die magische Verbindlichkeit: Übe so, als würdest du ewig leben.

Also begnüge ich mich zunächst einmal damit, dass die Welt es schon richten wird und dass Wagemut schon immer mehr war, als ich mit meinem Verstand ausmachen konnte.

Sicherlich bin ich selten so nachhaltig geweckt worden, auch wenn meine Laune nicht den Eindruck vermittelt, sie hätte es darauf angelegt, in mir ein Trommelfeuer der Dankbarkeit zu entzünden. Was immer mich in die Stiefel bringen könnte, es müsste schon engelsgleich geartet sein und bereits vorab jeden Kasernenton ausschließen. Überdies steht die Sonne längst nicht so aufrecht am Horizont, als gelänge es ihr, mich zum Paradeschritt zu animieren.

Erst als das Licht sich befleißigt, den Vorhang zu ziehen und die letzten Chimären der Nacht ihre Masken fallen lassen, fühle ich mich bewogen, den Tag anzunehmen. Natürlich gemächlich und fürs Erste auch pomadig, bisweilen mit der Instandsetzung meines Selbst, einer ausgedehnten Dusche und wenn der Timer meiner Küchenmaschine sein Erinnerungsvermögen nicht eingebüßt hat, mit einer schwarz gebrühten Tasse Kaffee.

Eigentlich sind damit bereits die wesentlichen Dinge veranlasst, wer mehr will, ist entweder eitel oder anmaßend, jedenfalls wäre es vermessen, dem Geist der Reinheit ein weiteres Angebot zu unterbreiten, zur Jungfräulichkeit wird es nicht gereichen.

Aber so sehr ich auch damit beschäftigt bin, mich vor der Galerie aufmüpfiger Spiegel zu rechtfertigen, augenblicklich ereilt mich das Hirngespinst einer ständig wiederkehrenden Melodie, bisweilen derart bizarr verfasst, dass ich davon ausgehen möchte, sie zuvor weder gesehen noch wahrgenommen zu haben. Recht ungewöhnlich, wenn ich bedenke, dass ich mich inzwischen zu einer wandelnden Partitur entwickelt habe, die keine Note zu viel und keine zu wenig transportiert.

»Sie werden es nicht wahrhaben wollen«, kündigt mein Gärtner Anton seinen morgendlichen Besuch an, »Ihr heutiges Horoskop ist ein einziger Blickfang, geradezu auserkoren, die Allianz seines Selbst mit neuerlichen Impulsen zu versehen.«

Schlägt die Zeitschrift in sich zusammen und prophezeit, dass ich einer Person begegnen werde, die alle Merkmale einer Quellennymphe besäße, äußerst attraktiv gewachsen und kaum dazu ausersehen, sie zu ignorieren.

»Alles das konnten Sie den Zeilen entnehmen«, bemühe ich mich um die Ernsthaftigkeit seiner Botschaft, »dabei dachte ich, man müsse mit Prognosen vorsichtig umgehen. Was sie auch versprechen, mag himmlisch aufregend sein, bedauerlicherweise aber halten sich die Götter nicht daran.«

»Dennoch sollte Ihnen bewusst sein, dass es nicht immer nur die unsterbliche Geliebte Beethovens sein kann, die Ihnen den Hof macht. Außer Musik und Taktgefühl muss es noch etwas anderes geben, was Ihre Seele zusammenhält. Das was Ihnen fehlt, ist der Mut, dem brachliegenden Teil Ihrer Gefühle zu einem gefälligeren Image zu verhelfen. Das Genie wartet nicht auf Gelegenheiten, sie gehen ganz einfach mit ihm durch.«

»Falls Sie damit andeuten möchten, ich bräuchte eine Notordnung gegen die Langeweile, bestenfalls einen ausgewiesenen Engel mit viel Charme und noch mehr Unwiderstehlichkeiten, müsste ich die Summe dessen, was bisher vermeidbar war, neu berechnen, eventuell sogar ad absurdum führen.«

»Fürs Erste dürfte das schon eine Maßnahme sein«, stimmt Anton zu. »Jedenfalls wäre es ratsam, die Dummheiten zu wechseln, bevor sie sich etablieren. Wie sagten Sie noch, eine gute Partitur schreibt sich entweder von selbst oder gar nicht. Insofern würde nichts passieren, nichts, was Sie bereuen müssten. Der Blick über den Gartenzaun lässt die eigene Bepflanzung üppiger erscheinen. Wer immer nur die persönlichen vier Wände anstarrt, schürt auf Dauer den Verdacht, er hätte nichts vorzuweisen, es stecke nichts in ihm und wahrscheinlich auch nichts dahinter.«

Die nächste Überraschung, die der Morgen anzubieten hat, scheint nicht weniger verwunderlich und mindestens so kurios.

Gemeint ist das verliebte Lächeln meines Gärtners, als er sich befleißigt, mir seinen Freund vorzustellen. Nun muss man nicht erst das Sternbild der Weissagung anrufen, um zu recherchieren, dass er ihn bis dato in der Empfangshalle deponiert hatte, wahrscheinlich in der Hoffnung, er müsse sie nicht auf ewig als Stele zieren. Aber mit welchen Schicklichkeiten sein Auftritt auch belastet ist, die Befürchtung, dass es sich bei den beiden um ein inniges Paar handelt, wird spätestens zur Gewissheit, als Anton ihn bei der Hand nimmt und in den Salon bittet, derweil nicht zu verkennen ist, dass sein Partner alle Merkmale eines Transvestiten verkörpert, zuweilen mit der Augenscheinlichkeit, dass sie ihre Probezeit bereits seit einer Weile hinter sich gebracht haben und nunmehr der Moment angesagt ist, zur Premiere zu schreiten.

Für einen Mann, soweit er sich seiner Geschlechtlichkeit sicher sein kann, lassen sich zwei Dinge nur schwerlich erklären, erstens die Willkür, mit der sich die Schöpfung verdient macht, und zweitens die seltsame Logik, dass es den Menschen immer wieder gelingt, sich so zu kleiden, wie sie aussehen.

Zumindest irritieren mich seine glatt rasierten Beine und die Gewogenheit, sie in Hotpants spazieren zu führen, ziemlich grotesk und auf den ersten Blick auch gewöhnungsbedürftig, obgleich ich mir ausrechnen kann, dass mir diese Perspektive wohl auch künftig nicht erspart bleiben wird.

Und da das Leben nicht mit Sprachlosigkeiten geizt, will es die Konstellation der Gestirne, dass der exzentrisch bestellte Gast mir zur Begrüßung ein Rosenbouquet überreicht, wobei nicht auszuschließen ist, dass er sich hiermit auch meinen Segen erhofft, möglicherweise sogar in Erwartung, dass ich mich offiziell zu dieser außergewöhnlichen Beziehung bekennen möge.

Nun kann man nicht behaupten, das Horoskop hätte mit Überraschungen gespart. Die heutige Bestimmung scheint es zu sein, dem angedachten Tag ein paar Tränen der Rührung nachzureichen, auch wenn ich mir nicht sicher bin, dass sie eher den Dornen zuzurechnen sind als einer dankbaren Fügung.

Inzwischen gewinne ich den Eindruck, dass dem Pessimisten alles das zuteil wird, woran der Optimist nicht im Traum gedacht hätte.

Und da ich schon einmal der Skepsis aufsitze, dass die astrologische Wahrhaftigkeit nur puren Irrtum leistet, fällt es mir schwer, den gewichtigen Klopfer an der Pforte ungeprüft an mein Bewusstsein weiterzuleiten. Schließlich könnte es mir passieren, dass der nächste Besucher nicht minder streng gepudert ist und meine zurzeit provisorisch gewickelten Gedanken endgültig in eine Säuglingsstation verwandelt.

Aber was meine Überlegung nicht hergibt, gereicht dem Neuling als Selbstverständlichkeit. So tänzelt er mit der Grazie eines Truthahns höchst motiviert durch die Empfangshalle und schickt sich an, die astrologisch bestellte Schönheit persönlich zur Audienz zu bitten und, wie es sich für sein gekünsteltes Talent geziemt, natürlich mit einem artigen Knicks und der alles vereinnahmenden Geste, dass der Herr des Hauses sich sogleich um sie kümmern werde.

Da jedoch die Verheißungen schon einmal ungefragt Einzug halten, gebe ich mich der Leutseligkeit hin, ihr mein mildestes Lächeln zu schenken, eventuell sogar das Gefühl, sie sei nicht nur willkommen, sondern bereits erwartet worden. Vermutlich trägt dazu bei, dass der ahnungsvolle Gärtner mir den Engel versprach, an dem meine Stimmungslage genesen könnte. Jedenfalls dürfte ihr Erscheinungsbild dieser Hypothese durchaus gerecht werden, zumindest auf den ersten Blick und im Kontext ihrer üppigen Kurven, obschon ich mir sicher bin, dass sie mehr zu veräußern trachtet als ihre attraktive Figürlichkeit. Die Faszination eines schönen Frauenkörpers wird nicht selten von ungewöhnlichen Forderungen begleitet.

Nun wäre es natürlich verfrüht, irgendwelche Schlussfolgerungen zu ziehen, und so bietet es sich an, den gepriesenen Himmelsboten erst einmal zu einer Tasse Kaffee zu bitten. Jedes überflüssige Wort könnte zuweilen gescheiter sein, als sogleich der Neugier zu verfallen, worin ihr Anliegen bestehen könnte. Und da die meisten Menschen einen Verzögerungsmechanismus in sich tragen, dauert es dann auch eine Weile, bevor sich der Paradeengel dazu bekennt, worin der Grund seines Besuches besteht. Entsprechend umständlich, fast schon ein bisschen schüchtern, gibt das Zierbild des Tages zu verstehen, dass es nicht die Laune des Wetters sei, die sie hierher verschlagen hätte, sondern der stille Wunsch, die Nestvögel des Schlosses aus ihren Verstecken zu locken und einen Plausch mit ihnen zu halten.

»Sicherlich würden sie mein Manuskript beflügeln und womöglich mit ungeahnten Mysterien ausschmücken, zumal das eh schon in roter Tinte gehaltene Drehbuch den Geburtskanal des Lichtes eingeplant und zum Schrei dieser Welt gemacht hat.«

Dass mein Gärtner mit dieser Schilderung so seine Probleme hat, lässt sich unschwer erahnen und, was zu vermuten ist, auch nicht so einfach aus der Welt schaffen. Für ihn sollte der Teppich geknüpft sein, bevor man ihn zum Staatsempfang ausrollt; wer nicht weiß, was er will, muss mit jeder Katastrophe rechnen.

Ungeachtet dessen scheint der selbsternannte Butler gänzlich anderer Meinung zu sein. Er jedenfalls sieht die Möglichkeit, die schmale Haushaltskasse aus ihrer Enge zu befreien und mit neuen Scheinen zu polstern.

»Mein Gott«, hüpft er unter Anbetung des Herrn aus seinen Sandalen, »das klingt abenteuerlich und aufregend, eine spannendere Kulisse ließe sich anderswo nur schwerlich finden. Hier wo die Gespenster sich die Hände reichen, wo Kolonien von Fledermäusen das Mauerwerk besiedeln, hier gibt es genügend Fratzen die einen Kinobesucher das Fürchten lehren könnten.«

»Nun, da wir alle Klarheiten beseitigt haben, sollten wir dazu übergehen, den anberaumten Tag zu einem besseren Image zu verhelfen«, zeige ich mich bemüht, das Palais vor weiteren Diffamierungen zu bewahren.

»Dennoch sollten wir dem Kind einen Namen geben«, stellt sich Salvatore in den Dienst des Gemeinwohls, »wie wäre es mit Rosemaries Baby, das klingt harmlos und vertrauenswürdig, schließt aber dennoch keine Bedenken und Befürchtungen aus.«

»An welche Summe Sie auch gedacht haben mögen«, lacht der Engel des Filmgeschäfts, »ich erhöhe um das Doppelte, gegebenenfalls auch mehr, jedenfalls dürfte es der Konsolidierung ihres Kontos nicht im Wege stehen.«

Nun muss ich nicht betonen, dass diese Offerte der astrologisch bestellten Vorsehung ein gehöriges Maß an Zuversicht beimischt, auch wenn ich der Geschäftsordnung zuliebe den Vorhang erst ziehen sollte, wenn ich die Sterne dahinter gezählt habe.

Inzwischen ist es dann mehr als der Duft des Kaffees, der die Runde macht, denn das gute Gefühl, dem Einvernehmen auf der Spur zu sein. Man reicht einander die Hand, beschwört die Bühne offenherziger Karten und zeigt sich überzeugt, heute noch den Vertrag unterschreiben zu können.

»Trotzdem sollten wir die innewohnenden Geister nicht ungefragt lassen und an dem Deal beteiligen«, gibt Anton zu bedenken, »ein Rundgang durch die Hallen und Gemächer wäre dabei schon eine Maßnahme. Die meisten Altertümer leben in ihren Gewohnheiten und sind älter als die Herrschaften, die darin wohnen. Es könnte also passieren, dass einige Spiegel und Vasen zu Bruch gehen, vermutlich sogar im stimmigen Background jammernder Schimären.«

»Wer Originalität will, sollte den Spuk in Kauf nehmen«, mutmaßt Morgana van Borg, »als Regisseurin habe ich gelernt, dass der Horror nichts anderes ist als der Blick in die Realität, sei sie von naiven Vorstellungen beseelt oder von Geisterhand geplant.«

Nun muss ich zugestehen, dass es mir keineswegs leicht fällt, die Führung zu übernehmen, offen gesagt gibt es Gemächer und Wohntrakte, die mir fremd sind oder auch meinem Gedächtnis entfallen sein dürften.

Umso bemerkenswerter der Orientierungssinn der geheimnisumwitterten Filmfee. Kaum eine Tür, die ihr nicht schon vorab verrät, was sich dahinter verbirgt. So wird zum Beispiel für sie ein ehemaliges Kinderzimmer zur Fundgrube scheinbarer Erinnerungen. Und als hätte die Schöne den Überblick in die Wiege gelegt bekommen, entgeht ihr nicht, was der Spielladen so alles zu bieten hat. Schwingt sich unvermittelt auf eine Schaukel, sucht den Schwerpunkt ihrer hübschen Beine und nimmt jauchzend Fahrt auf. Hiernach besteigt sie ein Holzpferd, versucht den lockeren Sattel mit ihren festgepressten Schenkeln zu disziplinieren, gibt dem herrischen Sitz ihrer Brüste einen Hauch von Laszivität und dirigiert unter zu Hilfenahme der Peitsche einen offenkundig prekären Parcours.

Sicherlich könnte bis dahin noch alles ihrer theatralischen Veranlagung zuzuordnen sein, vielleicht auch einer außergewöhnlichen Intuition. Wie allerdings lässt es sich deuten, dass sie urplötzlich ein Wiegenlied vor sich hinsummt und die Lust verspürt, sich im Tanze zu drehen?

»Du hättest artiger sein können, viel artiger«, nimmt sie das Timbre einer älteren Dame an, flüchtet zum Fenster und gibt mit weinerlicher Stimme zu verstehen, dass sie nicht eingesperrt werden möchte, sie habe nichts Unschickliches getan, nichts, womit sie eine Strafe verdient hätte.«

»Wenn das nicht schon zu ihrem Drehbuch gehört«, befleißigt sich Anton, seine Überraschung im Zaum zu halten, »es gibt Erinnerungen denen man nicht entrinnen kann und Ideen, die man festhalten muss, wollte man sie nicht aus den Augen verlieren. Jedenfalls besitzen sie das Talent, situationsbedingte Begebenheiten, spontan und überzeugend in die Tat umzusetzen.«

Und da die Verblüffung allseits ihren Tribut zollt, empfehle ich die Besichtigung in den unterirdischen Gewölben fortzusetzen, der Weinkeller hätte schon immer die Aufmerksamkeit auf sich gezogen, wer etwas auf sich hält, lebt im Überfluss des Notwendigen und manchmal auch mit exquisiten Jahrgängen.

»Dank der puritanischen Einstellung des Schlossherrn«, bestätigt Anton, »hat sich so manch edler Tropfen angesammelt und garantiert auch nach eingehender Prüfung noch einen klaren Kopf. Gewiss können wir hiernach über alles reden können, alles was die Vergangenheit hergibt und die Zukunft in Aussicht stellt. Fragen, die darüber hinausgehen, werden sich ganz einfach nicht stellen, ihre Lagerung hat das Limit der Zeit erreicht und dürfte dann auch jede weitere Antwort einschließen.«

»Ich denke«, halte ich fest, »die Idee kommt im rechten Moment, sie bietet nicht nur die Gelegenheit, sich den Staub von den Lippen zu spülen, sondern auch die Chance, der nicht gänzlich ausgeräumten Anonymität ein passables Gesicht zu geben.«

Als dann das ein oder andere Glas edlen Weins den Gaumen passiert, erinnert sich die Zunge, wozu sie gedacht ist. Für den exzentrisch bestellten Freund des Gärtners ist es sogar der willkommene Anlass, die Zugbrücken herunterzulassen und zu einer imaginären Umarmung zu schreiten.

»Sich kennenzulernen«, so seine Auffassung, »ist mehr als der bloße Austausch von Sympathie und Zuneigung, es ist das Prinzip der Seele zu expandieren und die Selbstverwirklichung voranzutreiben.«

»Jetzt, da wir wissen, wer wir sind und was wir voneinander zu halten haben«, steuere ich meinen Teil dazu bei, »ist es sinnvoll, den Becher zu erheben und auf ein gutes Gelingen anzustoßen. Was vor einer Weile noch der Sterndeutung zuzurechnen war, dürfte inzwischen der Realität unterliegen. Der beste Beweis dafür, dass man nicht ausschließlich in seiner eigenen Haut existiert, ist die Tatsache, dass es Wahrhaftigkeiten gibt, die über unseren persönlichen Horizont hinausgehen und jenseits unserer Verantwortung zu finden sind.«

Kapitel 2

Mit einer Vielzahl ungenutzter Tonschwüre im Kopf und noch mehr Oktavparallelen in den Händen kehre ich nach einer längeren Konzerttournee an den Ausgangspunkt meiner Reise zurück, frühmorgens, mager im Fleisch und noch magerer im Geist.

Vielleicht sind es aber auch närrisch flatternde Fledermäuse, jene Orakelvögel, die der blind geschwärzten Fassade meines Anwesens derzeit ihren Tanz anbieten. Was immer also meinen strapazierten Hirnzellen zu entfallen droht, dieser Morgen bietet fast alles, worin man sich getäuscht sieht, fast alles, womit man der Wahrhaftigkeit entfliehen könnte.

Doch je intensiver ich mich um eine neue Zuordnung bemühe, meine Schritte halten zuweilen dem Tempo einer Chopin-Etüde stand und sind wohl kaum dazu aufgerufen, zu Hause anzukommen. Offenkundig liegt es im Wesen der Musik, dass man sie am ehesten im Herzen verarbeiten kann, im Kopf jedoch ist sie weder zu bremsen noch zu bändigen.

Als dann mein Blick sich dem nebelverhangenen Palais zuwendet, das Mauerwerk zu einer gespenstischen Kulisse avanciert, befinden meine Gedanken, dass dies nicht meine gewohnte Umgebung sein kann. Würde ich es nicht besser wissen, müsste ich annehmen, das Chalet hätte sich in einen riesigen Kokon verwandelt und beherberge ein überdimensioniertes Insekt.

Und da ich schon einmal bei der Einbildung angelangt bin, geschieht es mir, dass ich in einem der oberen Fenster des Mitteltraktes eine Kindergestalt entdecke, eventuell auch das Antlitz einer Puppe, bleich und maskenhaft, mal zwischen den Vorhängen eingeklemmt, mal im Brokatschimmer der Sonne entschwindend.

Eigentlich könnte man mit dieser Szenerie bereits die Spekulationen nähren, mit denen sich das Filmteam verdient machen möchte, falls man damit nicht bereits den ersten Take einfährt und ich nicht der Proband meiner eigenen Fantasie bin. Das Denken wird einsamer und kurioser, je länger man die Bühne bewohnt, irgendwann möchte man nichts mehr ausschließen. Wahrscheinlichkeit und Realität werden innige Partner, sie divergieren so lange miteinander, bis man sich dazu bekennt, die Dinge so zu sehen, wie sie sich ausmalen lassen und nicht, wie sie sind.

In der Eingangshalle angekommen, empfängt mich Salvatore Morales, der designierte Butler, oder sollte ich sagen, der neue Empfangschef, höchst würdevoll, in strahlend weißem Anzug und einem Lächeln, das alle Merkmale ehrlich gemeinter Freude vermittelt. Das Einzige, was mich noch an seine Anstellung erinnert, ist seine Selbstlosigkeit, mich mit frischen Blumen zu beschenken und die eingefleischte Gewohnheit, das Parkett mit nackten Füßen zu beschreiten.

Beglückwünscht mich zu meinem grandiosen Erfolg und unterstreicht, dass man den Mitschnitten des Fernsehens entnehmen konnte, dass das Publikum schier begeistert war. Am liebsten hätte es die Bühne gestürmt und mir die Klamotten vom Leibe gerissen.

»Die Gefahr ist keine Gefahr mehr«, gebe ich zum Besten, »wenn man sie kennt. Außerdem hat sich bislang noch niemand ohne Leiden zu müssen Verdienste erworben.«

»Ich hätte es nicht bescheidener ausdrücken können«, erwidert Salvatore, »der gute Ruf sollte Sie nicht beschämen, wer ewig trainieren muss, um das einmal Gelernte zu erhalten, ist nicht unbedingt beneidenswert.«

»Die wahre Beredsamkeit besteht darin, den anderen in Verlegenheit zu bringen«, gesellt sich Anton, der Gärtner hinzu, »die Gedankengänge eines Künstlers zu erfassen, ist und bleibt ein spießiges Unterfangen. Es kommt in der Regel dem Sammeln von Schneckenhäusern gleich, entweder geht man leer aus oder wird von einem angriffslustigen Krebs überrascht.«

»Querulanten am Sprechen zu hindern ist schwieriger, als einen Sack Flöhe zu hüten«, begibt sich Salvatore auf meine Seite, »dabei hätten Sie es verdient, mit ein paar netten Worten begrüßt zu werden.«

»Der Mensch, um bei der Zoologie zu bleiben«, so Anton, »kann nicht frei sein, wenn er nur das wiedergibt, was man von ihm erwartet und nicht, was ihm auf der Seele brennt.«

»Womöglich geht alles wieder einmal drunter und drüber«, interpretiere ich seinen Unmut, »der Chef amüsiert sich auf den Bühnen dieser Welt, und seine Angestellten hüten das Schloss; was für ein Jammer.«

»Wenn es das nur wäre«, übernimmt Anton, »in Wahrheit sind es die unzähligen Filmleute, die einem das Leben zur Hölle machen, immer haben sie etwas zu mäkeln und auszusetzen. Mal passt ihnen dies nicht, mal jenes. Um alles zu beheben, bräuchte man ein Team von Installateuren und Elektrikern, eine oder mehrere Putzkolonnen sowie eine Armada von Malermeistern und Restaurateuren. Vor allem aber bedarf es jemanden, der ihnen Schranken auferlegt und sie darauf hinweist, dass man kein Geld ausgeben kann, das nicht vorhanden ist.«

»Wie war das noch mit der Konstellation der Gestirne und dem großzügig bestellten Posaunenengel«, werfe ich ein, »wir sollten ihn kontaktieren und Morgana van Borg um die versprochenen Kröten bitten. Ich hoffe ganz einfach, dass die Produzentin die Geldbörse mitbedacht hat, als sie in das Drehbuch schaute.«

»Ich denke nicht, dass sie das vergessen haben könnte«, mutmaßt Salvatore, »Scherereien und Ärger machen Falten, und welche Frau möchte sich derartige Späße schon leisten. Ansonsten dürfte die Summe nicht so erheblich sein, als dass diese Branche sie nicht als Peanuts abtun könnte.«

»Ganz anders dachte die Spinne, als sie ihr Netz knüpfte«, überlegt der versierte Gärtner, »sie sind in jeder Ecke zu finden und, wie man weiß, für jede Mücke zu haben.«

»Apropos Mücken«, erinnert sich Salvatore, »letzte Woche beehrte uns ein Konsortium äußerst situiert gekleideter Herren, die sich die Kapelle als Seminarraum für angehende Direktoren vorstellen könnten. Die Kosten für die Instandsetzung inklusive geringfügigem Umbau würden sie selbstverständlich übernehmen. Erstaunlich war, dass sie die Bänke erhalten wollten. Wenn ich vermuten sollte, ist es ihre Absicht, die künftigen Zöglinge des Profits zunächst einmal auf die Knie der Ehrerbietung zu befördern. Aber welche Ziele die Bosse auch verfolgen, wer erfolgreich sein will, muss sich zunächst einmal selbst kasteien, bestmöglich freiwillig und voller Inbrunst. Jedenfalls wäre es töricht zu glauben, die Mächtigen hätten dem Handel des Geldes eine Dornenkrone aufgesetzt, die Wirtschaft war schon immer ein Parameter für ausgefallene Bedürfnisse.«

»Was immer ich dieser Nachricht entnehmen möchte«, zeige ich mich optimistisch, »die Vorteile kämen zur rechten Zeit und würden den schwarzen Löchern in der Kasse einen Schimmer der Zuversicht beimischen, eventuell sogar den Erhalt der alten Gemäuer garantieren.«

»Unsere Kapelle in einen Seminarraum zu verwandeln, wäre beileibe unchristlich und überheblich«, echauffiert sich Anton, »bisher war sie eine Zufluchtsstätte des Friedens und der Demut, keineswegs aber ein Experimentierladen für Alchemisten oder Wünschelrutengänger. Darüber hinaus wäre damit zu rechnen, dass die Herren der begüterten Krawatte dem Management Morgana van Borg zuzurechnen sind und ihr Besuch weniger zufällig als in weiser Voraussicht geplant war, wenn nicht sogar dem Diktat ihres Skripts entsprach.«

»Die Wahrheit werden wir wohl erst in Erfahrung bringen, wenn alles abgedreht ist«, ermittelt Salvatore, »und auch dann werden wir nicht mit Sicherheit sagen können, wie es sich abgespielt hat. Die Realität ist ein dehnbarer Begriff, ein dynamischer Prozess gewebt aus Raum und Zeit. Manche Philosophen halten es für möglich, dass wir die Wirklichkeit nur nachempfinden können, und dass wir unsere Existenz in Wahrheit einem Quantensimulator zu verdanken haben, einer unermesslich fortentwickelten Zivilisation, die vorübergehend dem Anspruch nachkam, ein kosmisches Spiel zu inszenieren, eine Art Second Life im Unterhaltungsprogramm, völlig abgefahren, rundweg irrsinnig.«

»Dann hoffen wir nur, dass wir noch rechtzeitig dazu kommen, die Escape-Taste zu drücken«, empfiehlt Anton, »als hätten wir nicht schon mit unseren hauseigenen Geistern genügend zu tun.«

Sicherlich wäre dies der Moment, darüber nachzudenken, was ich bei meiner Ankunft gesehen habe und was nicht. Aber das wäre bereits ein Zugeständnis, und wir würden nur weiter in die Gefilde der Unsicherheit abdriften.

Insofern hege ich die Absicht, den Tag zunächst einmal im Lichte greifbarer Wahrnehmung zu belassen und die kommenden Stunden mit einem ausgedehnten Frühstück zu verwöhnen. Was dem Magen gut tut, dürfte der Kopf von uns fernhalten.

Dass meine beiden Kollegen diese Überlegung mittragen, erweist sich bereits darin, dass sie auf der Terrasse hinter dem Schloss ein großzügiges Mahl vorbereitet haben, gewiss in der Annahme, dass ich nicht so aussehe, als wüsste ich diese Einladung nicht zu schätzen. Nichts wäre anstößiger, als einen gedeckten Tisch der Missachtung preiszugeben. Im Geiste erfüllt sich, was auf der Zunge zergeht.

Anton, der sich mit persönlichen Komplimenten generell schwertut, überrascht uns mit einem ausgesuchten Champagner, eigens aus dem Keller hervorgeholt und mit Eiswürfeln drapiert, derweil er mir zu verstehen gibt, dass ich selten eine so erfolgreiche Tournee bestritten hätte.

Und als wäre den Worten zu viel der Theorie beigemessen, entschließt er sich, mich an seine Brust zu drücken, stolz geschwellt und voller Dankbarkeit, indes er nicht versäumt, meine Entbehrungen anzusprechen. Zeitweilig standen mehr als acht Übungsstunden auf dem Programm, so gut wie keine Freizeit, und auch die stand im Zeichen einer künstlerischen Tätigkeit. Spielte ich gerade mal keine Tonträger ein, besann ich mich des Schreibens und verfasste Kompositionen. Die Devise hieß, was morgen sein wird, weiß niemand, doch was ich heute verpasse, könnte jetzt schon meine Laufbahn gefährden. Dass alles anders kam und mein Weg mich an die Weltspitze führte, war schlichtweg nur noch eine Frage der Zeit oder auch die logische Konsequenz.

Als dann die ersten Tränen die Runde machen, Salvatore erwartungsgemäß ins Schluchzen gerät, stürzen wie von Geisterhand bestellt zwei Hundewelpen an unseren Tisch, total wild und reichlich verzogen; was dazu führt, dass der sensibel gestrickte Salvatore kreischend auf einen der Stühle springt, ihn feinsäuberlich in seine Bestandteile zerlegt und zu der Erkenntnis gelangt, dass die einfachsten Wahrheiten genau diese sind, auf die der Mensch keinen Einfluss hat.

»Da wäre ich mir nicht so sicher«, widerspricht Anton, »es gibt Leute, die haben derart kaputte Gene, dass sie jedes Malheur anziehen.«

»Und es gibt Gärtner«, revanchiert sich Salvatore, »die gut beraten wären, Herz und Hirn miteinander in Einklang zu bringen, bevor sie sich hinreißen lassen, dummes Zeug in die Welt zu pflanzen.«

»Sicherlich ist dies der ungünstigste Moment übereinander herzufallen«, steuere ich meinen Teil dazu bei, »zumal die beiden Wolfshunde nicht so ausschauen, als hätten sie die Friedfertigkeit für sich gepachtet. Außerdem sollten wir davon ausgehen, dass die quirligen Gesellen nicht allein unterwegs sind und wir diese außergewöhnliche Begrüßung womöglich Morgana van Borg zu verdanken haben.«

Wenig später erfahren wir, dass es sich in der Tat um ein Gastgeschenk namens Leica und Aron handelt. Oder wie Morgana es zu umschreiben versteht, um unsre künftigen Bodyguards. Ohne nun den Propheten zitieren zu müssen, dürfte die Überraschung in jeder Hinsicht gelungen sein, ein Schloss ohne Hundegebell und entsprechende Aufpasser, gäbe weder die Philosophie her noch die Praxis.

Zunehmend und in logischer Konsequenz schmiedet die Konstellation des Sternbildes den Verdacht, die Tafel nunmehr zu sechst plündern zu müssen, wahrscheinlich mit ausgedehnten Gesprächen und nachhaltigen Dankeshymnen.

»Wie ich sehe«, ermittelt Morgana mit Blick auf den zerdepperten Stuhl, »scheint es von Nöten zu sein, dem ramponierten Mobiliar mit einer finanzielle Spritze wieder auf die Beine zu helfen, wobei ich mir vorstelle, dass sie auch etwas großzügiger ausfallen könnte.«

Ich muss nicht betonen, dass Morgana van Borg nicht weiß, wie man sich beliebt machen könnte, wenngleich nicht zu übersehen ist, dass sie hierbei die Beträge ihres Körpers nicht minder wohlgefällig zu veräußern versteht. Wer die gerechte Bezahlung will, flüstert mir eine Stimme zu, sollte auf die Feinheiten nicht verzichten. Jedenfalls lässt ihr offenherziges Dekolleté und die vermeintliche Bereitschaft, mir diese Früchte irgendwann nachzureichen, keine anderen Rückschlüsse zu, vor allem wenn sie derart lukrativ gestylt sind und mir das Verfallsdatum ihrer imposanten Figürlichkeit weder in den Sinn noch ins Geblüt kommen will. Um es meinem künstlerischen Gewissen anzuhängen, eine feudalere Partitur ließe sich meinem musikalischen Repertoire nur schwerlich hinzufügen, was nicht in Symmetrie und Schönheit aufgeht, dürfte nur noch von den Ansprüchen übertroffen werden, all dies zu ergründen und zu bespielen.

»Nun waren wir einer gemeinsamen Übereinkunft nie so nahe wie am heutigen Tag«, erbarmt sich Salvatore den leuchtenden Blicken ein Fazit beizumischen.«

»Das Schwierigste an einer Diskussion ist nicht, seinen eigenen Standpunkt zu vertreten, man muss ihn auch kennen«, amüsiert sich Morgana. »Wurde je Großes gesagt, fand sich immer jemand ein, der es besser wusste. Seien Sie also gewarnt, die mutmaßlichen Vorzeichen lassen sich auch anders deuten.«

Prostet gegen die verdutzten Gesichter an und meint, dass sie mit ihrer Formulierung lediglich dem angedachten Bühnenepos etwas zuvorkommen wollte. »Die eigentlichen Fauxpas sind entschieden giftiger und werden noch so manche Überraschung mit sich bringen.«

Hiernach begibt sie sich stolz und erotisierend auf ihre meterlangen Beine, positioniert sich, als hätte die Kamera sie so gerade eingefangen, lässt den Äquator ihrer Taille kreisen und versichert, dass auch uns die Dämonen des Skripts nicht verschonen werden; wirft ihre feurigrote Lockenpracht in den Nacken und summt zu meinem Erstaunen exakt die Melodie, die ich an jenem Tag zum ersten Mal vernahm, als Anton sich der Astrologie zuwandte und mir die Märchenfee versprach, die von nun an mein Leben verändern und in Atem halten sollte.

Die Verwunderung ist also gänzlich auf meiner Seite, zumal die Gestirne keine Musikprogramme ausstrahlen und der irdischen Approbation von Tönen kaum aufgeschlossen sind. Die Grundlagen himmlischer Phänomene bestehen aus einem Apfel und einer Schlange und nicht aus einer Transformation von Klängen und Tönen. Was immer ich also wahrgenommen habe, es erschließt sich durch bloßes Hinhören, jedenfalls wäre es müßig, sie aus meinem Gedächtnis streichen zu wollen, falls sie nicht schon längst von mir Besitz ergriffen haben. Wollte ich eine Prognose wagen, dann wird diese kompositorische Fiktion wohl noch eine Zeit lang in meinem Kopf herumschwirren und womöglich den Frieden erst wieder herstellen, wenn der wundersame Cantus das Geschehen nachreicht, um deren Interpretation die Geister bislang noch vergeblich bemüht sind.

Dennoch scheint mir das Interesse an dieser Melodie von besonderer Relevanz zu sein. So betrachtet liegt dann auch die Vermutung nahe, dass sie immer noch im Entstehen ist, die meisten Wundersamkeiten halten sich nur so lange, wie sie sich halten, irgendwann werden sie dem Ewigkeitssyndrom entschwinden, spätestens wenn sie den Übergang in den Alltag gefunden haben und zur Normalität übergewechselt sind.

Kapitel 3

Lärm ist der Pegel, mit dem sich ermessen lässt, wie weit man gehen kann, wenn man zu weit geht. Zumindest an diesem Morgen, da die Schauspielergilde sich des Schlosses bemächtigt und den Rittersaal säbelrasselnd und polternd erstürmt.

Eigentlich hätte ich noch einige Stunden der Nachlese gebraucht, mich von den geistigen Abnutzungserscheinungen meiner Tournee zu befreien, so allerdings gelingt mir nur annähernd die Wiederaufbereitung meiner Konzerte. Dennoch verraten mir die zerwühlten Kissen, dass ich die halbe Nacht damit verbracht haben muss, das Repertoire auf der Bettdecke zu klimpern.

Aber was dieser Morgen mir auch schuldig bleibt, Morgana van Borg genießt den Tag in bester Regielaune, mit viel Stimme und noch mehr Dramaturgie. Eine der schauerlichsten Nachwirkungen einer Konzertreise besteht im Rachefeldzug entgangener Gelüste und der bedauerlichen Tatsache, dass man die Begeisterung des Publikums nicht mitnehmen kann.

Doch heute ist ein anderer Tag, die Darsteller die mir über den Weg laufen, schaffen es zusehends, den angedachten Morgen in einen Kriegsschauplatz zu verwandeln.

»Das Mensurfechten«, hält Morgana die Akteure in Atem, »ist weder ein Kampfsport noch ein Duell, es ist eine Art Kräftemessen, bei dem es weder um Verlierer noch um Gewinner geht, entsprechend stilvoll und gesittet sollte dann auch Ihr Benehmen sein.«

Ihren Worten entlocke ich, dass es sich hier um eine schlagende Verbindung handelt, ein oder mehrere Studentencorps, die füreinander oder auch gegeneinander antreten. Sicherlich wäre ich besser beraten, hätte ich mir das Drehbuch irgendwann einmal etwas näher zu Gemüte geführt. So aber bleibt mir nur die Toleranz, etwas zu verstehen, von dem ich keine Ahnung habe.

»Was uns die Intendantin mitteilen möchte«, entnehme ich dem Gemurmel, »ist die Garantie, dass jegliches Geschehen in Ruhe und Disziplin vonstatten gehen soll. Man wird die Qualität der einzelnen Kampfszenen daran ermessen wollen, wie abgeklärt und professionell sie durchgeführt werden, hierbei gilt es, die Mensuren ohne Angst und Schrecken durchzustehen, bereits ein Zurückweichen würde als Niederlage gewertet werden.«

»Jeder hat das Recht, sich so viel Scherereien zuzufügen, wie es ihm beliebt«, begrüßt mich Anton, »trotzdem würde ich empfehlen, mich aus den Federn zu schütteln und das Spektakel aus der Nähe zu betrachten. Die szenische Aufbereitung lässt erahnen, dass man die Farbe des Blutes höchst authentisch verwenden möchte.«

»Gegenwärtig zu denken und nichts zu tun«, begebe ich mich in die Klamotten, »ist der Takt, nach dem wir augenblicklich marschieren sollten, andere Interventionen kämen vermutlich zu früh zu spät oder auch zu ungelegen. Dem Schauspieler war es schon immer ein Gräuel, sein Talent mittelmäßig zu veräußern. Sollten die Duellanten also die Absicht haben, sich Blessuren zu schlagen, dann muss das wohl so sein, jeder schmiedet sein eigenes Glück und sei es durch die Befreiung von der Angst.«

Und da wir schon einmal bei der Leidensfähigkeit angelangt sind, Salvatore seine Gesellschaft anbietet, unterbreite ich den beiden Kollegen den Wunsch, das Klavier künftig vermehrt gegen einen Taktstock einzutauschen, wobei ich zum Ausdruck bringe, dass es allemal gesünder sei, die hoheitlichen Töne einer Partitur im Kollektiv verantworten zu müssen denn als Solist. Die Finger würden es mir danken und meiner Zufriedenheit gewiss keinen Schaden zufügen.

»Wer den Wandel will, sollte nicht mit großen Schritten sparen«, pflichtet Salvatore bei, »der Literatur liegen genügend Beispiele vor, wonach sich beide Disziplinen gleichwertig erschließen lassen. Dabei scheint ausschlaggebend zu sein, was das Gefühl hergibt und der Wille verspricht. Entscheidungen muss man rechtzeitig angehen, irgendwann ist es zu spät sie zu akzeptieren und umzusetzen.«

»Ich hoffe nicht«, zeigt sich Anton skeptisch, »dass dieser Entschluss über Nacht geweckt wurde. Die Vernunft sollte schon mitspielen, allein die Inspiration wäre zu wenig, um sich von dieser Idee leiten zu lassen. Aber wie immer du deine Wahl auch treffen wirst, vergiss nicht, dass nur aus dem Bestehenden Neues erwachsen kann.«

»Deiner Argumentation entnehme ich«, segnet Salvatore seine Worte, »dass du den Wechsel generell nachvollziehen kannst. Für dich ist Maximilian in jeder Hinsicht selbständig geworden, was nicht zuletzt auch dein Verdienst ist. Sei also gnädig, wenn dir seine berufliche Veränderung erst jetzt zu Ohren kommt, das nächste Konzert wird gewiss zu deinen Ehren stattfinden.«

»Und es wird ein Mozart Abend werden«, füge ich an, »mit der Option versehen, das Krönungskonzert vom Flügel aus zu dirigieren.«

»Die Kunst des Lebens besteht darin, erwachsen zu werden und trotzdem Kind zu bleiben«, schließt sich Morgana unvermittelt unserem Gespräch an. »Ansonsten wäre anzumerken, dass niemand das Ziel aus den Augen verliert, nur weil man neue Wege beschreitet. Sollte auch das nicht weiterhelfen, bitte ich zu bedenken, dass Maximilian bereits einige Male ein Orchester mit Bravour geleitet hat.«

»Jeder hat seine Art sich zu knechten«, liefere ich meinen Beitrag, »entweder sind wir das, was wir schon erreicht haben oder muten uns zu, was noch erreicht werden könnte. Die einen schlagen sich der Tugend wegen blutige Striemen ins Gesicht, die anderen gedeihen in der Hoffnung, dass sie ihnen gut stehen mögen, bestenfalls natürlich im Benehmen, den Rest der Welt mit dieser selbstlosen Tat zu beeindrucken.«

»Dann wären wir womöglich dort angelangt, dass sich ein Fachmann um die frisch geschlagenen Schmisse kümmern sollte«, empfiehlt Salvatore.

Doch noch ehe wir dazu kommen, das Thema näher zu beleuchten, nimmt ein Sanitätswagen das Portal des Schlosses quietschend in Beschlag. Derweil nicht zu übersehen ist, dass es sich bei dem anbrausenden Geschoss um ein Militärfahrzeug handelt, mutmaßlich aus einem der Depots des letzten Weltkriegs. Schnell erkennen wir, dass die angereiste Person ebenso fremdgesteuert scheint. Die erste Problematik stellt sich bereits im Cockpit ein, allzu hohe Schuhe und ein zu enger Rock machen den Ausstieg zu einem schwer überwindbaren Hindernis. Überdies hat sie Schwierigkeiten damit, ihr Schwesternhäubchen auf dem Kopf zu halten, nicht minder angespannt die hochgeschlossene Bluse, ihre granatenscharfen Brüste und eine kaum zu unterbietende Taille, wobei ihre langen Beine kaum für eine flüchtige Betrachtung geschaffen scheinen. Die Studie ließe sich also beliebig fortsetzen.

Und so geschieht es, das Salvatore zunächst einmal um seine Fassung ringt, wenn auch aus der Perspektive eines anderen, vermeintlich sichergestellten Ufers. Entsprechend schrill und wunderlich seine Anmerkung, dass die Kopien sich offenkundig besser halten als die Originale.

»Wie gesagt«, halte ich aufrecht, »ein Historiker ist vor allem jemand, der übertreibt, wenn es um die Illustration der Geschichte geht.«

Aber was immer ich mir eingestehen möchte, es reicht nicht aus, um mir ein genaueres Bild zu machen. Und da ich schon einmal mit Halluzinationen ins Gespräch kam, verweile ich zunächst bei der Ausgiebigkeit ihrer Posen. Erst später gehe ich dazu über, ihren Auftritt als Wegweiser für eine andere Zeit in Betracht zu ziehen. Gewiss wird die Regie wenig Mühe haben, uns dieses Phänomen zu erklären.

»Ich hoffe, ich habe es noch rechtzeitig geschafft«, tippelt sie durch den Empfangsraum, »der Verkehr heutzutage ist die Hölle und kaum dazu angetan, darin zu verweilen, aber wie ich sehe, entschädigt das Schloss für dieses Dilemma.«

Sicherlich bin ich geneigt, den angerauschten Soldatenengel näher ins Gebet zu schließen, aber die fehlenden Kameras und die diskret bestellte Beleuchtung der Eingangshalle geben nicht den Anschein, hier seien ernstere Takes geplant. Aber was der Diktion des Librettos auch entgeht, mir persönlich wird die feudal besetzte Komparsin zu einem unfreiwilligen Genuss, offen gestanden mit heimlichen bis unheimlichen Sinnesempfindungen, zuweilen derart eindringlich, dass die Ahnung mitspielt, es ginge darum, etwas Wichtiges aufzudecken und zu enträtseln. Nicht minder aufregend die Bilder, die vor meinem geistigen Auge dahinblitzen, vielleicht ein Déjà-vu oder auch der traumatische Besitz nicht verifizierbarer Bewusstseinsinhalte. Doch worin sich meine Seele auch verstrickt, ich möchte nicht ausschließen, dass das Ganze meinetwegen inszeniert ist, zu glauben, man könne dem Zufall die Notwendigkeit des Geschehens abschwätzen, wäre nicht nur leichtsinnig, sondern auch wider die Natur.

Salvatore, der inzwischen seine geistige Beleuchtung in die alte Fassung geschraubt hat, bietet sich an, die Zeitreisende in den Rittersaal zu führen, wobei er es nicht versäumt, den

Vorschlag zu unterbreiten, die ungleichen Steinstufen innerhalb des Palais barfüßig zu erobern, er selbst habe sich mit hohen Pfennigabsätzen unliebsame Prellungen zugezogen.

»Die Erfahrung gängelt den Menschen, und die Vernunft leitet ihn«, lacht die Sanitätsschwester. Bedankt sich für seinen Hinweis und bedauert, dass sie bei seinen Problemen nicht anwesend war, sie hätte ihn gewiss bandagieren und umsorgen können.

»Eure Aufmerksamkeit in allen Ehren«, erklärt sich Anton, »aber wer hierher findet, wird auch den Rest in Kauf nehmen.«

Bittet mich, ihm bei einem Spaziergang rings um das Anwesen Gesellschaft zu leisten, ihm würde einiges auf der Zunge brennen, einiges, was bislang dem Codex des Vertrauens unterlag und so manches, was schon immer im Raum stand und nie so recht zur Sprache kam.

»Die Gründe hierfür«, verdeutlicht er in der Abgeschiedenheit des Parks, »sind denkbar einfach. Jetzt, da die Vergangenheit zusehends auf dem Vormarsch ist, sollten wir nichts unversucht lassen, sie dingfest zu machen. Schließlich war sie nie dazu auserkoren, sie mit Lorbeeren zu bekränzen. Vieles von dem, was in der Zeit des NS-Regimes passierte, dürfte dir bekannt sein, nicht aber so ausgefeilt, dass ich dir noch einige Details nachliefern sollte. Sehr bald verstrickte sich dein Vater in den Machenschaften dubioser Zugeständnisse, zumal ihm selbst ein hohes Amt als Wehrmachtsoffizier beschieden war, bisweilen dann auch solche, die weder seinem Naturell noch seiner liberalen Einstellung entsprachen. Jedenfalls mutete sich der Umgang mit den Gefolgsleuten des Dritten Reichs äußerst grotesk an, seine Gäste summierten sich auf das Potenzial höriger NS-Generale und, wie du dir denken kannst, letztlich auch jener Gilde, deren Karriere darin bestand, die Ausgeburt des Henkers zu übertreffen.«

»Da muss ich mich fragen«, stelle ich mich seinem Redeschwall, »wie die Familie dies zulassen konnte, seine engsten Freunde und Bediensteten?«

»Ich fürchte«, entgegnet Anton, »dass dein Vater, der eine Jüdin zur Ehefrau hatte, gezwungen war, mit den Delinquenten des Unheils zu konspirieren, irgendwie und auf irgendeine Art. Die Mittel hiefür waren dem Alltag zuzurechnen und bedurften keiner besonderen Rechtfertigung. Glücklicherweise konnte man dich rechtzeitig in ein Nonnenkloster verfrachten. Du bekamst eine neue Identität und bliebst bis zum Ende des Krieges hin unentdeckt, lerntest das Spiel an der Orgel und die Gepflogenheiten eines gebildeten aufgeweckten Schülers. Von deiner Mutter weiß man nur, dass sie für eine Zeit lang in Dresden Unterschlupf fand, dann allerdings beim Bombenhagel auf diese Stadt vermutlich ums Leben kam, die eigentliche Wahrheit werden wir wohl nie erfahren. Die andere schreckliche Gewissheit, mit der du haushalten musst, ist, dass dein Vater bei den Gefechten um Stalingrad tödlich verletzt wurde, womit dann auch die letzte Hoffnung für eine mögliche Aufklärung gleichsam besiegelt war, falls es dann überhaupt noch erträglich gewesen wäre, mit allem, was geschah, ein Weiterleben zu bestreiten.«

»Du wirst sehr gelitten haben, mir die schrecklichen Wahrheiten erst heute kundzutun«, nehme ich Anton an die Hand, bedanke mich für seine offenen Worte und entschuldige mich für die verheerenden Umstände, die er seitens meiner Familie in Erfahrung bringen musste.

»Ich will nicht verheimlichen, dass ich in Sorge war«, eilt Salvatore unserer geistigen Fährte hinterher, »natürlich habe ich mir an fünf Finger ausrechnen können, was die Thematik eures Gespräches sein würde, zumal der Sanitätswagen, der vor dem Portal des Schlosses haltmachte, die Erinnerung an die Kriegszeit beschleunigt und ins Rollen gebracht haben dürfte.«

Verteilt seine Packung Papiertaschentücher und schlägt vor, den Spaziergang zur Kirche hin fortzuführen. »Würden uns die Gründe für das Verhalten der Menschen stets zur Verfügung stehen, kämen wir am Ende womöglich zu einer völlig anderen Bewertung, wir würden wissen, wie etwas passiert ist und was wir davon abschreiben können.«

In der Kapelle angekommen, bemerken wir, dass sie neu entstanden ist, wollte ich eine Prognose wagen, dürfte man für die Renovierung alte Stiche oder gar die originalen Baupläne verwendet haben.

»Sogar das ramponierte Taufbecken erstrahlt im gewohnten«, erinnert sich Anton.

»Wirklich kurios«, überlegt Salvatore, »welches Interesse und welches Vorwissen könnte dahinterstecken? Ebenso bemerkenswert ist das Rosengebinde auf dem Altartisch, eine Geste, wie sie sich nur aus tiefster Seele und großer Zuneigung erklären lässt.«

Doch bevor wir dazu kommen, diese Ungereimtheiten näher zu beleuchten, mischen die Hundewelpen Leica und Aron mit fröhlichem Gebell die beklemmende Atmosphäre auf.

»Offensichtlich ist auch die jenseits inspirierte Welt nicht frei von spontanen Überraschungen«, stellt Salvatore anheim. Kündigt an, seinen Weg zurück ins Schloss zu bestreiten und beteuert, dass weitere Sprachlosigkeiten notgedrungen zu erwarten sind, und die möchte er keineswegs verpassen.

Anton, der zunehmend seine Sinne zu koordinieren versucht, meint, dass es nichts Grausigeres gäbe, als das Wissen um Dinge, die sich erst noch bestätigen müssen.

Falls er hierbei an Morgana van Borg dachte, würde mich das nicht wundern, sein Glaube an das Gute im Menschen ist in ständiger Beweisnot und, wenn überhaupt, nur minimal ausgeprägt. Für ihn ist die Welt ein organisiertes Chaos, dessen Wildwuchs ständig kontrolliert und beschnitten sein will.

Auf den Augenblick reduziert, geschieht dann auch in der Tat einiges, das an uns vorbeiläuft: Ein Drehbuch, von dem keiner weiß, wie es aussieht und wohin es abdriftet, und eine Regisseurin mit einem gehörigen Vorrat an nicht immer plausiblen Einfällen. Aber was der Lebens- und Leidensgeschichte des Schlosses diese Inszenierung auch einbringen wird, die Skepsis wird eine Weile mitschwingen und das Libretto mit einem weiteren Trauma strapazieren.

Nun möchte ich nicht behaupten, ich hätte mein bisheriges Dasein unter der Dunstglocke der Apathie und des Nichtwissens verbracht, vieles von dem, was mir Anton schweren Herzens eröffnete, habe ich mir ausrechnen können, wenngleich ich zugeben muss, ebenso viel verdrängt zu haben.

Bestimmt war es die Musik, die mir eine andere Welt erschloss, die mich vor der Realität bewahrte und so manche Schimäre in meiner Seele wachrüttelte, wovon einige derart hartnäckig um meine Fingerfertigkeit bemüht waren, dass ich dem Blendwerk der Tastatur kaum mehr zu entkommen vermochte. Faszination und Leidenschaft sind unerbittliche Partner und bisweilen auch die zuverlässigsten Erpresser.

Und also begebe ich mich, entsprechend meiner eintrainierten Gewohnheit, an die Tastatur, stürze mich in das Es-Dur-Konzert von Beethoven und spiele einmal mehr das Spiel meines Lebens. Genugtuung, beschleicht mich das Gefühl, besteht nicht ausschließlich darin, das zu tun, was man kann, sondern, was das Gewissen fordert, gänzlich mit der Aussaat meiner inneren Berufung, vielleicht noch mit einer Portion Hochmut.

Kapitel 4

»**B**ei allen Geistern«, bringt Sanitätsengel Annika ihren Unmut zur Geltung, »gestern musste ich eine Vergewaltigung durch mehrere Wehrmachtsstatisten über mich ergehen lassen. Eine Gräueltat, wie sich nachvollziehen lässt, äußerst würdelos und voller Abscheu. Dass ein derartiger Vorgang bereits an sich ein Trauma darstellt, ist leicht zu ermessen und im Grunde mit nichts zu rechtfertigen. Jedenfalls hätte ich mir einen gescheiteren Auftritt vorstellen können. Hinzukam die fortwährende Blöße, der ich ausgesetzt war und die Anmaßung, diesen Take bis zur völligen Erschöpfung zu wiederholen. Erst nachdem einige der Akteure sich weigerten, ihr schändliches Treiben fortzusetzen, ließ die Regisseurin von mir ab. Bisweilen kam mir sogar der Verdacht, sie fände Gefallen an dieser Befleckung. Weiß der Himmel, was sie da geritten hat, wollte ich eine Vermutung aussprechen, höchstwahrscheinlich ein Rachefeldzug, wenn nicht gar ihr persönliches Erlebnis.«

»Hoffen wir nur, dass das Drehbuch aus seiner imaginären Welt nicht schleichend in die Realität überwechselt«, befürchtet Salvatore, »zunächst war es das Mensurfechten, bei dem echtes Blut fließen sollte und dann eine solch menschenverachtende Entgleisung. Wer glaubt, man könne das Böse nur durch persönliche Mitschuld verständlich machen, ist entweder ein Neurotiker, oder ein eingefleischter Exhibitionist.«

»So weit möchte ich meine Fantasie nicht strapazieren«, stelle ich mich dem Gespräch, »auch wenn ich der Meinung bin, dass es andere Möglichkeiten gäbe, als ständig über das

Ziel hinauszuschießen. Wer erfolgreich sein will, sollte den Standpunkt des anderen zur Kenntnis nehmen, ihn respektieren und wenn möglich, in seine Überlegungen einbringen. Natürlich werden wir die Formel der Unfehlbarkeit nicht finden, vielleicht aber den Fingerzeig zu guten Manieren. Insofern wäre es durchaus angebracht, Morgana van Borg zu einem Gespräch zu bitten, die beste Musik steht nicht in den Noten, es kommt auf die Interpretation an.«

»Zumindest hätte ich erwarten können«, schickt Annika hinterher, »dass Morgana sich ihrer Professionalität bewusst ist und ihre Emotionen im Griff hat. Selbst unter Androhung eines ihr auferlegten Schicksals sollte sie sich in Disziplin üben. Wer immer nur unter Druck steht, wird sich mit jeder Entscheidung schwertun, er erntet nichts, was ihn befriedigen könnte, wahrscheinlich auch nichts, wofür es sich lohnt zu leben.«

»Vor allem wäre zu bedenken«, stimmt Anton zu, »dass der Parcours des Skripts nicht gänzlich abgesteckt und noch für so manche Überraschung gut genug ist, vermutlich erst recht, wenn Morgana ihre leidlichen Erfahrungen dem hiesigen Anwesen zu verdanken hat. Immerhin deutet einiges darauf hin, dass sie sich in den schlosseigenen Räumen bestens auskennt und wenigstens einige Zeit hier verbracht haben dürfte. Doch wie und wann sich die Ereignisse ihrer inneren Verletzbarkeit auch abgespielt haben mögen, genau werden wir das wohl nie herausfinden. Schlechterdings müssten wir die Wirren der Nachkriegszeit in Betracht ziehen, und da wäre nach meinem Kenntnisstand niemand mehr, auf den wir zurückgreifen könnten. Ich selbst wurde von den damaligen Verwaltern als Gartenhilfe eingestellt und wie sich erahnen lässt, für dumm und taub gehalten. Ganz allgemein liegt also die Befürchtung nahe, dass das Wissen darum, was damals geschah, keine sortierenden Hände besitzt, und dass die anstehenden Puzzles sich eher auseinanderdividieren als sie sich zusammenfügen ließen. Folglich werden wir die Bühne der Spekulationen noch für eine Weile offen halten und dem vielschichtigen Potenzial der Visionen den Vortritt einräumen.«

»Sicherlich gäbe es noch so einiges, dem wir unsere Aufmerksamkeit schenken könnten und so einiges mehr, worüber wir reden sollten«, fühlt sich Salvatore angesprochen, wobei er zu bedenken gibt, dass Morgana unsere Einwände mit hübschem Lächeln und geschliffenen Worten quittieren wird; schließlich wäre es nicht überraschend, wenn sie sich der Meinung unterwirft, es handele sich bei der Produktion um eine frei erfundene Story und nicht um ihren persönlichen Nachlass.

Und da es momentan wenig Sinn macht, den privaten Haushalt mit Zinsen des Gewissens zu verteuern, rege ich an, den Konfrontationskurs zunächst auf sich beruhen zu lassen. Außerdem würde ein Drehbuchautor, der keinen Spleen vorzuweisen hat, vor sich und der Künstlergilde resignieren müssen. Die Presse wüsste nicht, worüber sie schreiben sollte, und das Publikum dürfte bereits vor Erscheinen des Streifens ihre Anwesenheit abgehakt haben.

Also verabschieden wir uns von Annika und entschließen uns, die Stunde der Wahrheit auf einen späteren Zeitpunkt zu verschieben, die Erleuchtung wird es nicht sein, die uns auf den Fersen ist, vielleicht aber die Gewogenheit, dem Bethaus, das für den heutigen Tag den Frischlingen der Wirtschaft vorbehalten ist, einen Besuch abzustatten. Irgendwer müsste schon zugegen sein, wenn es darum geht, die schlosseigenen Interessen zu vertreten. Selbst unter dem Aspekt, dass die angesagte Premiere womöglich eher profitablen Sprüchen dient als religiös beseelten Worten, wäre es ein Fauxpas, der Einweihungsfeier unsere Anteilnahme zu versagen, natürlich weniger vor Gott als vor der ihm zugewandten profanen Wirklichkeit.

»Wer sich scheut, von Wundern zu reden, ist kein Gläubiger Vertreter seines Fachs«, dringt es an unsere Ohren, »solange wir die Menschen reden hören, was geht mich das an, solange sollten wir sie gewähren lassen, sie waren schon immer unsere verlässlichsten Kunden, an der Oberfläche schwimmend und leicht zu beeinflussen. Sie, als die künftigen Vertreter des Konsums und der Wirtschaft«, führt der Dozent weiter aus, »sind angehalten, sich ausführliche Erklärungen zu ersparen, sie könnten als Rechtfertigung ausgelegt oder auch als indirektes Schuldeingeständnis verstanden werden. Darüber hinaus sollten wir uns besinnen, dass die Stimme des Volkes zu viele Zeugen kennt, und dies käme einer ansteckenden Krankheit gleich. Beherzigen wir also, dass die Gehirne anderer Leute leichter zu kaufen als zu überzeugen sind.«

»Wo kämen wir hin, wenn sich niemand mehr fragt, wohin wir kämen, falls derartige Weisheiten in den Sprachgebrauch überwechseln würden«, spielt Salvatore mit den Worten.

»Nicht auszudenken«, halte ich fest, »das Ergebnis dürfte blamabel sein, möglicherweise sogar eine einzige Bankrotterklärung.«

Anton, der den Klopfer vor der Tür des Herrn als die wahrscheinlichste aller Lösungen ansieht, scheint augenblicklich gewillt, sich Gehör zu verschaffen. Und da niemand weiß, wie er es anstellen wird, möchte es die Vorsehung, dass Salvatore, der die Pforte bisweilen als Stütze ansah, den christlich bestellten Raum im Sturzflug nimmt.

Ohne nun gleich den Tölpel in ihm ausfindig machen zu wollen, lässt er nichts unversucht, genau das unter Beweis zu stellen. Dabei ist für ihn der Altar wie geschaffen, eine Punktlandung zu riskieren.

Dass er angesichts der spontanen Investition körperlicher Spitzenleistung auf die Mitwirkung des himmlischen Vaters zurückgreifen kann, ist durchaus eine Überlegung wert. Dass sich jedoch die mensurierten Zöglinge zu einem spontanen Applaus hinreißen lassen, ist schon einigermaßen überraschend, wenn auch nicht völlig unerwartet, schließlich könnte es ihnen passieren, dass der unfreiwillige Clown sich mit weit weniger Aufwand womöglich ähnlich attraktive Blessuren geschlagen hat.

Den laufenden Kameras entnehme ich, dass Salvatore auch in dieser Hinsicht nicht ohne Beistand war und seine schauspielerischen Qualitäten soeben auf den Prüfstand stellte. Zumindest scheint Morgana entsprechend ihrer Begeisterung gewillt zu sein, den Take zu übernehmen.

»Der Zufall war schon immer ein Garant interessanter Szenen«, bemüht der Dozent Morganas Aufmerksamkeit, wobei nicht zu übersehen ist, dass er ihr damit auch schmeicheln möchte, wie so manches mehr, das sich über ihrer beider Augenaufschlag erklären und nicht verheimlichen lässt.

Wahrscheinlich ist dies aber auch nur die Stunde meiner inneren Neugier, der aufgestaute Wissensdrang eines Profilneurotikers, der hinter jeder noch so spärlich angedeuteten Geste den Federstrich zu einem neuen Kapitel vermutet.

Selbst unter der Prämisse, dass alles nur Einbildung sein könnte, wäre immer noch alles möglich. Zu glauben, das Leben hätte sich von vornherein festgelegt, ist so wenig realistisch wie die Vermutung, man könne mit der einen Hirnhälfte denken und mit der anderen sich schlafen legen. Insofern würde es mich schon interessieren, was die Zukunft noch so alles mit sich bringt, was sie beherzigt oder in Abrede stellt. Gewiss scheint nur, dass sie sich weiterhin unbeliebt machen wird, und dass nichts passiert womit wir nicht schon gerechnet hätten.

Angesichts dieser wenig feudalen Aussichten und im Hinblick darauf, dass wir den guten Geschmack bereits reichlich strapaziert haben, entschuldigen wir die Störung und verlassen mit übereinstimmendem Kopfnicken das himmlisch erwählte Terrain.

»Sollte das nicht der Moment sein, dem angeklebten Gaumen mit einer Tasse Espresso zu begegnen«, meldet sich Anton. »Auch wenn die Aspiranten des versäumten Morgens nicht unbedingt die Täter sind, geziemt es sich, auf weitere Elefanten zu verzichten und das Porzellan auf die Küche zu beschränken.«

Diesen Szenenwechsel bereitwillig annehmend und in Erwartung, den Tag dennoch retten zu können, begeben wir uns zwar wenig geläutert, dafür sichtlich angekratzt, zurück ins häusliche Domizil, derweil Annika mit einem fröhlichen Grüß Gott unsere Laune zusehends erhellt, genauer besehen, mit ihrer exquisiten Figürlichkeit und der dankbaren Feststellung, nichts von ihrer Schönheit eingebüßt zu haben, und auch ansonsten stellt sie den Erhalt ihrer Jungfräulichkeit höchst vorteilhaft ins Licht der Sonne. Charme und Schönheit ist der Teil, der die Welt anschaulicher macht und, was der Himmel unterstreichen möge, auch friedlicher stimmt.

Schnell begreift Annika, dass Salvatore ihre ärztliche Hilfe benötigt. »Was immer die Beweggründe dafür waren, den Mensurfechtern nachzueifern«, hält sie ihm entgegen, »es ist Ihnen auf einzigartige Weise gelungen. Wenn Sie nicht monatelang mit den Verletzungen herumlaufen möchten, sollten wir sogleich zur Tat schreiten.«

»Wenn das so weitergeht und die Blessuren sich untereinander absprechen«, zeige ich mich beunruhigt, »sollten wir Sie als Sanitäterin einstellen.«

Dass damit auch weitere Gefälligkeiten gemeint sein könnten, möchte ich nicht ausschließen. Hat man erst einmal Feuer gefangen, ist man auch bereit, damit zu spielen. Der Wunschzettel ließe sich also beliebig erweitern.

Da jedoch die Avancen eines Mannes weit weniger geschliffen sind als die Ahnungen einer Frau, quittiert Annika meine Gedanken zunächst einmal mit einer ausladenden Geste und einem Lächeln, das tiefste bis hintergründigste Deutungen zulässt.

»Sie werden es mir nachsehen«, unterbreitet Anton seine Meinung, »mit jeder Wunde erwächst dem geistigen Oberstübchen eines Künstlers eine einzigartig Idee, eventuell sogar die Perle seines Lebens.«

»Ich hätte es nicht gescheiter sagen können«, formuliert Salvatore, »nur wenige Menschen leisten sich den Luxus, offen und ehrlich zu sagen, was sie bewegt und worin ihre Absichten bestehen. Der Zeitpunkt, sich Umwege zu ersparen, war nie besser als in diesem Augenblick. Geben Sie sich also einen Schubs und stimmen Sie zu. Zu einem Mann aufzublicken, den man noch nicht kleingemacht hat, ist keineswegs die dümmste aller Lösungen.«

Dass Salvatore sich weitere Ausführlichkeiten ersparen sollte, lässt sich bereits daran ermessen, dass Annika ihm die Bandagen härter anlegt, als dies üblich ist. Jedenfalls entnehme ich seiner gequälten Mimik, dass er nicht unbedingt mit Samthandschuhen angefasst wird und sich ihr Mitgefühl wohl erst noch verdienen muss.

Und da die Gefälligkeiten offenkundig den Ausverkauf proben, bemühe ich mich, den gewünschten Espresso höchstpersönlich aufzubrühen, derweil der Kaffeeautomat hörbar die Jahre zählt, sich meinem Segen widersetzt und gefährlich zu schnauben beginnt. Wollte ich Nachhaltigeres hinzufügen, scheint Annika zunehmend gewarnt, verteufelt den allgemeinen Leichtsinn, der dem Schloss innewohnt, bemängelt meine Nachlässigkeit, derart sorglos mit meinen Fingern umzugehen, und weissagt den nächsten Crash, dann vielleicht mit dem Debakel, weder die Finger noch den Taktstock gebrauchen zu können.

»Sehen Sie«, hält Anton aufrecht, »Sie könnten sich bei dem unbeholfenen Trio in jeder Hinsicht verdient machen. Außerdem dürfte es kein Problem sein, Ihr Medizinstudium von hier aus zu bestreiten, Sie hätten genügend wehleidige Patienten und eine Menge Platz um sich auszubreiten.«

»Ich will es nicht von der Hand weisen«, amüsiert sich Annika, »dennoch möchte ich ein paar Kleinigkeiten geklärt wissen: Erstens, niemand bedient mehr eine derart furchterregende Höllenmaschine, zweitens die Kirche sollte vermehrt der Andacht vorbehalten sein und weniger irgendwelchen tollkühnen Eskapaden, drittens würde ich empfehlen, Morgana nur soviel Spielraum zu belassen, wie es sich für einen Gast geziemt. Besondere Privilegien könnten dazu führen, dass sie zu einer Fata Morgana mutiert und wenig später das gesamte Anwesen vereinnahmt und aus den Angeln hebt. Aber das nur zu meiner unmaßgeblichen Meinung und zu den Dingen, die mich dazu beflügeln könnten, dem Palast der Gespenster meine Mitwirkung anzubieten.«

»Dann hätten wir ja bereits ein paar wesentliche Details geklärt«, stelle ich mich in den Eingang ihrer Worte. »Jedenfalls werden sich genügend Geister einfinden, das Leben an Bord nicht in Langeweile aufgehen zu lassen. Der Rest dürfte allgemeiner Natur sein und sich überwiegend darin beschränken, den Alltag zu schulen, möglichst bevor er sich neuerlichen Marionetten zuwendet und wir in die Verlegenheit kämen, sie als die wahren Meister der Illusion zu akzeptieren.«

Kaum ausgesprochen, belagert unter lautem Getöse ein Konvoi von Militärfahrzeugen das Hauptportal, indes Annika zu berichten weiß, dass die angekarrten Offiziere im Zuge der heutigen Dreharbeiten sich der Strategie und Taktik verschrieben hätten und im weiteren Verlauf geschichtlich verbriefte Kampfesweisen durchspielen.

»Die eigentliche Aufmerksamkeit aber«, führt sie weiter aus, »wird dem Bernsteinzimmer zugedacht sein, welches von der Wehrmacht demontiert und in Kisten verpackt im November 1941 zum Abtransport nach Königsberg freigegeben wurde, und hiernach für immer von der Bildfläche verschwand. Der Chronologie entsprechend hat man das hochwertige Kunstwerk dem damaligen Kommandanten General Graf Solms-Laubach unterstellt. Und da er dem Kreis blaublütiger Zeitgenossen angehörte, dürfte er für den Schlossherrn Graf Lahnstein zwangsläufig kein Fremder gewesen sein.«

»Um es vorwegzunehmen«, mutmaßt Salvatore, »Morgana van Borg nimmt die Gelegenheit beim Schopfe und erstellt ihre eigene Mär. Dabei kommt ihr entgegen, dass das hiesige Anwesen über einen Flugplatz verfügt, was ausschlaggebend gewesen sein dürfte, die geraubten Kulturgüter unbemerkt und heimlich befördern zu können.«

»Jetzt, da wir wissen, worin die Absicht der Regie besteht und was ihre Intuition hergibt«, begebe ich mich auf die Fährte seiner Gedanken, »sollten wir dem neuerlichen Gespenst auf die Finger klopfen, zumal nicht auszuschließen ist, dass so mancher Abenteurer sich angelockt fühlen könnte und seine Ausgrabungsstätte auf das hiesige Gelände verlegt. Die Unannehmlichkeiten wären nicht abzusehen und ließen sich womöglich auch nicht so leicht aus der Welt schaffen.«

»Keine Vision ohne ein Fünkchen Wahrheit«, stimmt Anton zu, »wenn da nicht schon wieder neue Sauereien im Spiel sind. Die Gerissenheit ist die gefährlichste aller Täuschungen, als hätte Morgana nicht gewusst, was sie damit anrichtet.«

»Charme und Schönheit sind die Chance, dem hässlichen Charakter zuvorzukommen«, folgert Annika, »wenn die einen bereits mit der Hälfte dieser Welt zufrieden sind, gibt es noch solche, die erst Ruhe geben, wenn ihnen die andere Hälfte ebenso gewährt wird und sei es der Anteil der Hölle. Inzwischen erstellt Morgana ein Drehbuch, wie es nie geplant war, inszeniert eine Schatzsuche, bei der jeder eingeladen ist und verteilt Komplimente, die erst noch verstanden werden wollen.«

»Es ist also einmal mehr vonnöten, die Gebetsmühle kreisen zu lassen«, mutmaßt Salvatore, »was immer sie anfasst, wir sollten gewarnt sein. Möglicherweise bestreitet sie in der Tat ganz nebenbei ihre persönliche Geschichte, ein verdecktes Selbstporträt mit tausend Unzulänglichkeiten und wie zu vermuten, mit einer zutiefst verletzten Seele.«

Kapitel 5

»Es ist wenig ermutigend festzustellen, dass es nicht das Schicksal ist, das uns den Weg weist, sondern dass der Weg bereits das Schicksal ist«, versucht Annika den Unfall der Regisseurin zu deuten. »Aber wie sich dieser Crash auch erklären lässt, zuweilen stehen alle Varianten offen, indes die Wand, die Morgana van Borg ungebremst durchbrach, nicht ursächlich für ihre Probleme gewesen sein dürfte, vielmehr müsste es sich um einen Defekt im Lenk- oder Bremssystem gehandelt haben. Insofern lässt es den Rückschluss zu, dass jemand nachgeholfen hat, und dass das Auto manipuliert war. Wie der Zufall es wollte, befuhr ich zur selben Zeit die selbe Straße, was dazu führte, dass ich Sie sogleich versorgen und ins Krankenhaus fahren konnte.«

»Gott sei Dank waren Sie sofort zur Stelle«, versuche ich meine Erregung unter Kontrolle zu bringen, »der Zwischenfall hätte tödlich ausgehen können, aber angehende Ärzte haben den Vorteil, seltener enttäuscht zu werden.«

»Wenn Sie mich fragen«, folgert Annika, »handelt es sich hier um einen Schuss vor den Bug, irgendwer und warum auch immer, dürfte daran interessiert sein, Morgana einen Denkzettel zu verpassen.«

»Wer die Wahrheit hören will, den sollte man vorher fragen, ob er sie ertragen kann«, fährt Salvatore seinen eigenen Film, »das, was passiert ist, könnte sich jederzeit wiederholen, vermutlich wäre es illusorisch, die Hintergründe erfassen zu wollen. Das Geschehen könnte viele Väter haben, vielleicht zählen sie zu den Leuten die vor nicht langer Zeit die Kapelle aufsuchten und das Angebot unterbreiteten, sie zurück in ihren ursprünglichen Zustand zu versetzen. Um welche Wiedergutmachung es sich auch handelt, sie könnte den Vorstellungen Morganas entsprochen haben und angesichts ihrer dubiosen Vergangenheit, bestimmten Gewissenskonflikten unterworfen gewesen sein. Auch wenn ich mir bestimmte Details ersparen möchte, ist davon auszugehen, dass die damaligen Wehrmachtsoffiziere zu den heutigen Bossen der Wirtschaft zählen. Der Rest lässt sich erahnen und dürfte die Fantasie nicht allzu sehr strapazieren.«

»Als hätten wir nicht schon immer gewusst, dass Morgana die Haare auf den Köpfen anderer zu spalten vermag«, kommentiert Anton, »hoffen wir nur, dass ihr nicht irgendwann die Idee zündet, hierfür ein Beil zurate zu ziehen. Die Gefahr droht von den scheinbar Gleichgültigen, sie spielen mit dem Zufall und genehmigen sich jeden Eklat.«

»Glaubte ich bislang, die Menschen durchschauen zu können, bin ich heute der Auffassung, dass dies zu nichts führt, höchstens zu blindgeputzten Scheiben«, stapele ich mein Wissen, »außerdem ist niemand so ehrlich, als das er sich nicht selbst betrügt. Berücksichtigt man die bisherigen Eseleien, bei denen wir gewillt waren, beide Augen zuzudrücken, dürften uns nunmehr beide aufgegangen sein.«

»So despektierlich würde ich die Situation nicht einschätzen«, wehrt sich Annika, »wir könnten schneller zur Verantwortung gezogen werden, als uns das lieb ist. Das Kräftemessen zwischen den selbsternannten Protagonisten des Films ist auf eine Ebene abgerutscht, die uns jeden Einblick erschwert und mehr Illusionen transportiert als wahrheitsgetreue Fakten. Das Mysterium begann bereits damit, als ich eine Schwangerschaft spielen sollte, die mit beklemmenden bis unheimlichen Akzenten besetzt war. Hätte ich die Rolle abgelehnt, kämen wir den Visionen Morganas und das, was damals tatsächlich passiert ist, keinen Deut näher, letztlich dann auch der Frage, mit welcher Schuld könnte der einstmalige Schlossherr Graf Lahnstein belastet gewesen sein, hat er die Krankenschwester ebenfalls geschändet oder war er gar in sie verliebt? Die Wahrheit lässt sich nur schwerlich abschätzen unter Umständen stünde die Konsequenz im Raum, dass Maximilian der Halbbruder Morganas ist. So betrachtet dürfte das Skript zu einer Fata Morgana schauerlichster Wahrheiten werden, total irrational und widersinnig.«

Anton, der nicht so ausschaut, als hätte er den Worten Annikas nichts hinzuzufügen, empfiehlt, dem ungeheuerlichen Szenario eine Bedenkzeit einzuräumen und schlägt vor, Morgana van Borg bis zur Klärung des Falles in Obhut zu nehmen. Das Anwesen verfüge über genügend Räumlichkeiten, zumal auch solche, die für jeden Eindringling zur Falle werden dürften. Dabei habe er die hauseigenen Geister noch nicht in Betracht gezogen, sie könnten bestimmt ihr Übriges dazu beitragen, selbst unter der Prämisse, dass man dabei nachhelfen müsste.

»Auch wenn dies derzeit die beste Option ist«, vollzieht Salvatore seine Gedanken, »könnte es uns passieren, dass Morgana diese Einladung belächelt und unser Verhalten als Kinderkram verreißt. Sie wird wissen, was sie sich wert ist, und damit den Preis, der ihren Kopf ziert, entschieden höher ansetzen wollen. Jedenfalls sollte man nicht damit rechnen, dass sie unter Angst steht oder sich maßregeln lässt. Die gefährlichste Klippe dürfte also darin bestehen, dass sie sich überschätzt und weiterhin ungebremst die Gefahr sucht. Die Prognose, falls man sie ins Kalkül ziehen möchte, dürfte eindeutig ausfallen, Morgana bevorzugt den Aufenthalt in der Hölle und ist bereit, jedes Inferno in Kauf zu nehmen.«

Eigentlich wäre dies der Zeitpunkt, meine Finger zu ölen und dem Geheimnis der Akustik meine Mitarbeit anzubieten. Womöglich gibt es diesen Raum der Wohlgefälligkeit, in dem man sich findet, ohne großartig suchen zu müssen, in dem man sich wiederentdeckt, ohne seiner persönlichen

Identität zu misstrauen. Jedenfalls fehlen mir bisher jene Klänge, die meine Seele zu tragen vermögen und mich von meiner Erdgebundenheit lösen und befreien.

Es ist also nicht verwunderlich, dass ich zuweilen von dem Bedürfnis geplagt bin, meine Füße fürs Erste auf eine der Bänke innerhalb der Kapelle zu stellen, auch wenn mir zurzeit noch die Courage fehlt, mich vor den Augen des Herrn verdient zu machen. Vielmehr ist es totales Schweigen, das mir entgegenschlägt, offenkundig die unerträglichste und auch unbequemste Art aller Geständnisse.

Vielleicht sollte ich diesen Moment auch als Lehrstunde meines Gewissens betrachten, wobei ich mich der Besonderheit unterwerfe, die Menschen künftig vermehrt so zu nehmen, wie sie sind, andere ließen sich möglicherweise gar nicht erst finden. Das, was ich geringschätzig als geistige Blindheit bezeichne, scheine ich überwiegend meiner eigenen Kurzsichtigkeit zu verdanken zu haben.

Und wie so manches, das man erst beim wiederholten Hinsehen begreift, entgeht mir zunächst, dass der Altartisch mit frischen Blumen drapiert ist, und dass ich dies Gebinde jener Dame zurechnen sollte, die im Gebet versunken die Perlen ihres Rosenkranzes zählt.

Ihrer in sich gekehrten Haltung entnehme ich, dass sie nur vage dem Geschehen zugewandt ist, vielleicht auch ihren eigenen inneren Stimmen, weltfern und gottesfürchtig. So vermag ich in ihrem Antlitz, das sich im Widerschein der Kirchenfenster spiegelt, die Andacht zu erkennen, die sich um die Erbauung ihrer Seele bemüht. Das wenige, was ihr hübsches Gesicht verrät, ist ihre zärtliche Schönheit, ihr gütiger Blick und die Lauterkeit, einstmals voller Anmut und Charme gesegnet gewesen zu sein.

Ihr weißes jugendliches Kleid erblüht mit dem Hinweis vergangener Sehnsüchte und Liebesschwüre. Was immer ich auch ihrer Erscheinung zu entlocken trachte, es hüllt sich in einen unergründlichen Traum, dem irgendwann die Substanz ausging und von der Realität abgeschnitten wurde. Andererseits möchte ich nicht ausschließen, dass sie mit einer geheimen Botschaft unterwegs ist, und dass sie für so manches eine Antwort parat hat, trotzdem erspare ich mir, aufdringliche Fragen zu stellen. Das, was ich wissen möchte, steht in ihrem Antlitz geschrieben und bedarf keiner weiteren Erläuterung.

Dass sie gewiss einmal mehr schmerzhaft ausfallen könnte, belegt augenblicklich Salvatore, der die Stille der Kirche mit einer Hiobsnachricht zu erschüttern vermag, respektive mit dem Paukenschlag, dass Aron und Leica eine Leiche im Seerosenteich aufgespürt haben und dass es sich bei dem Toten um einen der Wirtschaftsbosse handelt. Jedenfalls zeigt er sich sicher, ihn beim ersten Gespräch, als es um die Einrichtung des Seminarraums ging, kennengelernt zu haben.

»Sie werden verstehen«, empfiehlt sich Salvatore, »dass ich Ihnen diese Information nicht vorenthalten konnte, zumal die Mordkommission nicht lange auf sich warten lässt und, womit zu rechnen ist, eine Menge unliebsamer Fragen stellen dürfte.«

Noch ehe ich allerdings dazu komme, meine Gedanken zu sortieren, bekreuzigt sich die ältere Dame und verabschiedet sich mit den Worten: »Wir sind alle in Gottes Hand, er allein wird wissen, was er zulässt und welche Schäfchen er zu sich holt.«

»Das Dasein ist der Prozess, der die unwahrscheinlichsten Dinge gestattet, vor allem dann solche, mit denen keiner rechnet«, gibt sich Annika die Ehre, unsere Betstunde aufzumischen. »Die kleinen Übel sind nur für kleine Leute gedacht, wer mehr auf sich hält, lebt entschieden gefährlicher.«

»Das Drehbuch schreibt sich beinahe von selbst, man muss es nur gewähren lassen«, kommentiert Anton die Ankunft der Mordkommission, derweil er zu bedenken gibt, dass die in Stein gemeißelten Gesichter alles das widerspiegeln, was seinem persönlichen Fernsein am nächsten käme.

»Sollte es in Ihrer Intuition liegen, sich heimlich zu verabschieden, wäre dies womöglich die dümmste aller Entscheidungen«, zeigt sich Annika wissend, »man ist immer dann gefragt, wenn man durch Abwesenheit glänzt. Wollten Sie sich dem Geschehen entziehen, sollten Sie darauf bedacht sein, munter darauf loszuplaudern. Jemandem die Zeit zu stehlen, war schon immer ein Garant für kurze Besuche.«

Salvatore, der sich als Empfangschef etabliert hat, bittet die Herren des Morddezernats in den Salon, verspricht ihnen angesichts der schwülen Außentemperaturen ein kühles Getränk und zeigt sich guter Dinge, dass ihnen gewiss eine rasche Aufklärung gelingen werde.

»Die Verheißungen beginnen dort, wo man aufhört, genauestens zu recherchieren«, gibt sich der mutmaßliche Leiter des Kommissariats die Ehre, uns zu begrüßen. »Die Erfahrung lehrt uns, dass die Menschen nichts so schwer beherrschen wie ihre Zungen, insofern möchte ich darauf hinweisen, dass alles, was Sie sagen, gegebenenfalls gegen Sie verwendet werden könnte.«

Entschuldigt seine forsche Art, sich unbeliebt zu machen und fügt an, dass ihn dieses Syndrom solange begleiten wird, bis die Täterschaft nachgewiesen wurde.

»Trotzdem sollten Sie es sich erlauben, einen frischen Drink zu sich zu nehmen«, versuche ich mich als Gastgeber, »mit kühlem Kopf und gelöster Stimme lassen sich die Dinge, die es zu klären gilt, möglicherweise leichter besprechen und verarbeiten. Dass ich bereits jetzt die unangenehme Seite des Verbrechens kennengelernt habe, muss ich nicht erst erörtern.«

»Bei aller Aufregung, die ich verstehen kann«, so der Kommissar, »sei so viel gesagt, dass wir natürlich nicht untätig waren und bislang in Erfahrung bringen konnten, dass der Tote höchstwahrscheinlich bei einem konspirativen Duell ums Leben kam, und dass die in Fehde geratenen Kämpfer keine Analphabeten ihres Fachs waren. Was uns nunmehr interessiert, ist die Frage, wer war der Widersacher und wieso gewährten sie sich gleiche Chancen? Außerdem ist schwerlich nachvollziehbar, dass der Kontrahent ohne Blessuren davonkam. Inzwischen habe ich einige Kollegen beauftragt, die Krankenhäuser ringsum zu inspizieren. Überdies möchte ich Ihnen mitteilen, dass Sie nicht die Ersten waren, die uns benachrichtigten. Ihrem Gespräch ging ein anonymer Anruf voraus, unter anderem mit dem Hinweis, dass für den hiesigen Schlossherrn das Mensurfechten kein Fremdwort ist.«

»Nicht für ihn und nicht für uns alle«, schaltet sich Annika ein, »der Grund hierfür ist denkbar einfach. Zurzeit steht das Anwesen einer Filmfirma zur Verfügung, die in ihrem Drehbuch entsprechende Sequenzen eingeplant hat.«

»Auch das ist uns nicht fremdgeblieben, auch nicht, dass Morgana van Borg die verantwortliche Regisseurin ist. Wir hätten sie natürlich ebenfalls gerne gesprochen, bedauerlicherweise aber landete sie aufgrund eines Autocrashs in der Unfallklinik. Da stellt sich natürlich die Frage, was ist Zufall und was ist inszeniert? Jedenfalls scheint sie ein lückenloses Alibi vorweisen zu können, falls man überhaupt einen solchen Beweis akzeptieren kann, vieles geschieht aus dem Hintergrund und so manches auch in weiser Voraussicht.«

»Sie haben in der Kürze der Zeit eine Menge Informationen gesammelt, und wie ich denke, auch reichlich dick aufgetragen«, sieht sich Anton an seine Nerven gebracht, »vielleicht ist ja auch alles anders und der Kaviar, den Sie sich herausgepickt haben, ist am Ende doch nur Marmelade.«

»Da wäre ich mir nicht so sicher«, läutet der Kommissar die nächste Stufe des Verhörs ein. »Jedenfalls sollten Sie mir verraten können, wo Sie sich gestern Abend zwischen zehn und elf Uhr aufgehalten haben und wen Sie als Zeugen benennen können, eigentlich möchte ich das von Ihnen allen wissen.«

Dass Salvatore mit dieser Frage keine Probleme hat, entnehme ich seiner Mimik, rundweg ergriffen berichtet er, dass er mit Anton einen vergnüglichen Abend hatte, natürlich mit Sekt und Kaviar. Fehlt nur noch, dass er entsprechende Details dazu nachliefert. Einmal in Stimmung versetzt, ist er bereit, sein höchstprivates Nähkästchen auszuschütten.

Entschieden empfindlicher trifft es da schon Annika, wie sollte sie bekannt geben, dass sie in meinen Armen gelegen hat und wir uns auch ansonsten näher kamen. Gewiss kein alltägliches Gebaren und nicht unbedingt die feinste Art, jemanden auf diese Weise zu kompromittieren. Also erklärt sie, sichtlich verlegen, dass ich ihrer Bitte nachkam, sie mit der Welt der Musik vertraut zu machen.

»Lassen Sie mich raten«, interpretiert der Gesetzeshüter ihre rotgefärbten Wangen, natürlich feinsinnig und gefühlvoll, wobei er sich ein gewisses Lächeln nicht verkneifen kann und zu der bemerkenswerten Feststellung gelangt, dass Verliebte zwar schnell ihre Ansichten ändern, nicht aber ihre Absichten. »Aber das nur zu der Marmelade, die Sie mir auftischen möchten.«

Inzwischen scheint für den Kommissar der Zeitpunkt gekommen zu sein, dem Schloss seine Aufwartung zu machen, schließlich käme man nicht alle Tage in den Genuss, ein derartiges Anwesen zu besichtigen. Vor allem sollte ich ihm die Gespenster nicht vorenthalten, in der Regel wären sie äußerst nachtragend und wüssten womöglich mehr zu berichten, als so manchem lieb sein dürfte.

»Das Gute an Gewohnheiten ist«, zeige ich mich zuversichtlich, »dass sie einen irgendwann daran hindern, zu bemerken, dass sie existieren. Wollte ich all die Episoden, die im Laufe der Jahrhunderte hinter diesen Mauern passiert sind, erzählen, kämen wir zu einem abendfüllenden Programm. So viel sei allerdings gesagt, dass die Erfahrungen der Vergangenheit sich glücklicherweise nicht vererben lassen. Schließlich käme auf Dauer besehen, niemand mehr mit sich selbst ins Reine.«

»Ich glaube«, fasst der Polizist seine Eindrücke zusammen, »dass es den Augenblick vollkommenen Glücks nicht geben kann, und wenn überhaupt, nur in unserer Fantasie. Außerdem habe ich in Erfahrung bringen müssen, dass es keine Privilegien gibt, die man sich nicht selbst gewährt. Zudem habe ich lernen müssen, dass man mit Güte und Anteilnahme keinen Fall klärt. Wer nicht dem Hier und Jetzt verpflichtet ist entfernt sich nur von sich selbst, es ist nicht die Arbeit, die uns aufblicken lässt, sondern die Plage, mit der wir sie verrichten. Ganz gleich, was wir denken und empfinden, es ist nichts gegen das, was wir erleben.«

»Es gibt Zeiten«, beschließt Annika ihre Mitwirkung als Kundschafter, »da es nicht der Film ist, der durchfällt, sondern das Publikum, vor allem, wenn es sich zwischen die Stühle gesetzt hat. Hoffen wir, dass der Tag angesagt ist, sich einem neuerlichen Geschehen zuzuwenden, und wir im Benehmen stehen, den Verdächtigungen standzuhalten. Zwischen Gelingen und Misslingen ist die Aufklärung beheimatet und das gute Gefühl, keine Schuld auf sich geladen zu haben.«

Kapitel 6

»Nur wenige wissen, wie es weitergeht, aber alle wollen dabei sein«, wertet Annika das Engagement der Filmleute, »offenkundig sind sie inzwischen angetreten, ihren Dreh fortzusetzen.«

»Trotzdem schauen sie nicht so aus, als könnte man in ihren Gesichtern die Zukunft lesen«, interpretiert Salvatore ihre finstere Mimik, »eher reserviert, fast enttäuscht stehlen sie sich gegenseitig die Laune. Ihr Problem scheint es zu sein, dass ihnen zuweilen der Kopf zum Denken fehlt. Würde man das vermeintliche Haupt beim Namen nennen, dürfte es sich um Morgana van Borg handeln.«

»Das wundersame ihres Skripts«, interveniert Annika, »besteht darin, dass niemand weiß, wo es hinführt und was man von ihm erwarten kann. Es stilisiert eine Hängebrücke, die aus dem Nichts kommt und ins Leere greift, als konzipierte sie einen Streifen jenseits aller Denkbarkeiten. Das Einzige, worauf man sich berufen kann, ist die Konsequenz, dass sie sich selber dabei nicht verschont. Würde man in ihrer Seele blättern, fände man möglicherweise alles das, was wir bisher so nachhaltig vermissen, denn das Geheimnis ihrer Faszination und das Talent, derart rücksichtslos damit umzugehen.«

»Jemand, der nicht weiß, was er will, liebt alles andere mehr, als sich selbst, zumindest wird er nie gänzlich in Erfahrung bringen, was seine Mitmenschen von ihm halten und denken«, bekennt sich Anton.

Kommt auf die Seminaristen zu sprechen, die ihren Unterricht wieder aufgenommen haben und vermutlich damit ausgefüllt sind, sowohl das Geld als ihr Gewissen rein zu waschen, gänzlich der Prämisse zuliebe, die Geschäfte können nur mit Dornen florieren, wenn man sich selbst auf Rosen bettet.

»Respektlosigkeit ist eine der Verpflichtungen, die man eingehen muss, wollte man bei wirtschaftlichen Transaktionen nicht als Verlierer dastehen«, gebe ich mich geläutert, »der Blick in die Kulturgeschichte verrät uns, dass man mit Bescheidenheit und Rücksichtnahme bislang noch kein Orchester zum Klingen gebracht hat.«

»Dennoch bin ich zuversichtlich, dass du deinen Einstieg in die Probenarbeit an der hiesigen Philharmonie nicht mit einem überspannten Selbstwertgefühl angehen wirst«, kommentiert Annika ihre Meinung, »die Befähigung eines Dirigenten dürfte primär in der Qualität der Musik zu suchen sein, und wie ich zu hoffen wage, dann auch in der Begeisterung des Publikums. Wie sagtest du selbst, ein Konzertsaal erfährt seine klangliche Resonanz zunächst durch das filigrane Zusammenspiel der Interpreten und erst sekundär in der akustischen Beschaffenheit. Eventuell käme man bereits zu einer auditiven Verbesserung, würde man einen Faden durch den Raum ziehen, und sei er nur dazu gedacht, sich zu erinnern, dass es das Gebot der Stunde sein sollte, sich musikalisch zu entfalten.«

»Wenn ich Sie richtig verstanden habe«, mutmaßt Salvatore, »ist eine Geige nur so lange eine Geige, wie sie von einem Könner angenommen und bespielt wird, erst beim Musizieren und eingehenden Studien formt sie sich zu dem, was wir bei ihr in Erwartung stellen.«

»So könnte man es nennen«, stimme ich zu, »allein die Tatsache, dass Paganini bei seinen Konzerten eine Stradivari bevorzugte, führt bis heute zu der Faszination, genau dieses Instrument zu besitzen und zu bespielen. Folglich ist dann auch eine Geige längst nicht mehr nur eine Geige, ein Konzertsaal kein Konzertsaal und ein himmelstrebendes Kirchenschiff nicht gleich eine göttliche Offenbarung. Selbst wenn man Stein für Stein abtragen würde, um die Bauwerke anderswo genau so wieder herzurichten, dürften sie sich erheblich voneinander unterscheiden.«

»Nicht anders ergeht es unserem Gedächtnis, mehrfach aufgekocht, weist es zunehmend große Lücken auf«, zeigt sich Annika gelehrig, »würden wir alle das Gleiche tun und denken, wäre es längst nicht mehr dasselbe. Bestimmt aber würden wir sehr bald vergessen, was uns die Fantasie wert ist und worin der Anspruch unseres Geistes besteht.«

»Ich ahnte schon immer«, versucht sich Salvatore, »dass man ein Instrument nicht erlernen kann, man muss es ganz einfach beherrschen. Nach unendlich vielen Anläufen und quälenden Übungsstunden, sollte ich sehr bald erkennen, dass der Globus zu klein ist, wollte ich ein Ziel für diese Tortur ausfindig machen. Mit der Zeit wusste ich nicht mehr, wer da klimpert, mein Nachbar, ich selbst oder die Geister des Zorns.«

»Das Leben gerät überall in Gefahr«, bemühe ich mich um eine Alternation des Gesprächs, »hinter dem Lenkrad eines Autos, bei selbst auferlegten Duellen, fragwürdigen Zeugenaussagen sowie aus Ärger, Frust und Gedankenlosigkeit. Die Liste der Dummheiten ließe sich beliebig erweitern, trotzdem sollten wir unseren Kopf nicht hängen lassen, auf steinigem Pfad hat noch keiner seine Schuhe verloren.«

Verabschiede mich zu meiner ersten Probe, nehme es gelassen, dass man mir mehrfach über die Schulter spuckt und zeige mich überzeugt, dass mir spätestens von nun an das Glück zur Seite stehen wird.

»Das Schicksal hat dir die Karten zugemischt«, prophezeit Annika, »nun wirst du sie ausspielen müssen. So steht es geschrieben, und so wird man es lesen können. Wie sagt man so schön, nichts ist in meinem Geiste, was nicht vorher in meinen Sinnen war, außer meinem Geiste selbst.«

So wie das Licht der Sterne erst einmal einen Bogen um die Sonne macht, bevor es auf die Erde fällt, so ähnlich ergeht es mir, als ich den Palast der Philharmonie erblicke und zunächst eine Parabel beschreibe, bevor ich das Portal der Musen erstürme, weniger der Krümmung der Raumzeit zuliebe, als aus Ehrfurcht und Respekt, den Tempel der Künste zu meinem heutigen Exerzitium zu machen.

Die Promenade des Lustwandelns war es nie, die mich auf die Bühne brachte, eher die Erkenntnis, dass viele Übungsstunden und noch mehr Entsagungen nötig waren, mich dem Ziel meiner Träume zu nähern. Gewiss steht die Welt für jedermanns Bedürfnisse offen, selten allerdings hatte ich ein leichteres Gepäck, und wenn ich hinzufügen möchte, mit uneingeschränkter Euphorie und Tatendrang.

Obgleich ich eine Begrüßungsrede eingeplant habe, ist es zunächst der Intendant, der mich den Musikern vorstellt und meine hinlänglich bekannte Kooperation als Konzertpianist in Erinnerung ruft. Und da sich nicht verhindern lässt, was nicht bereits zum x-ten Male gesagt und erwähnt wurde, ziehe ich es vor, die hoheitlich geschmückte Litanei mit einem fröhlichen Grüß Gott abzukürzen, wünsche uns eine gute Zusammenarbeit und zeige mich zuversichtlich, die kommenden Konzerte und Opernabende nicht in Langeweile aufgehen zu lassen. Unser Job sollte es sein, sich nie zufrieden zu geben und so erlaube ich mir den Hinweis, »dass eine Partitur kein Selbstläufer ist, sondern eine Wesensform der unberechenbaren Art, wankelmütig und zornig, vielleicht auch ein renitentes Ungeheuer mit schnöden Hinterlistigkeiten und weitreichenden Folgen.

Lasse von da an den Taktstock schwirren und nehme dankbar zur Kenntnis, dass sie ihm willig folgen, bisweilen mit dem Anspruch, selten so rasant ins Gebet genommen worden zu sein.

»Auch die gute alte Zeit war einstmals die unerbittlich neue«, beschließe ich meine Probe. Entscheide mich, die ins Schwitzen geratenen Kollegen zu einem Drink zu bitten und erhoffe mir für die kommende Zeit einen harmonischen Einstieg, selbst wenn der Weg zur musikalischen und spielerischen Perfektion nicht immer frei von unangenehmen Überraschungen sein wird. Am Ende dürfte die künstlerische Qualität anwachsen und den Sieg über die Musik davontragen. »Sollte ich der Worte zu viel gewählt haben, möchte ich mich hiermit entschuldigen, aber ein Dummkopf hat oftmals mehr Einfälle, als ein Gescheiter vertragen kann.«

Glücklicherweise allerdings scheine ich ihre Heiterkeit geweckt zu haben, jedenfalls nimmt der Konzertmeister meine Einladung dankend an und versichert, dass noch niemand über Nacht berühmt geworden sei, der tagsüber nicht hart daran gearbeitet hätte.

Zu meinem Erstaunen befleißigt sich nun auch der Intendant, der aus einer der Logen meine Probe beobachtet hatte, zu einem spontanen Applaus und erklärt, dass er guter Dinge sei, mit einem Glas Sekt auf unseren gemeinsamen Erfolg anzustoßen. Zur völligen Überraschung und zu meiner weiteren Verwunderung bemerke ich, dass der Chef der Bühne sein Wohlwollen mit Morgana van Borg teilt, die in seinen Armen verschränkt, mir ihr hübschestes Lächeln schenkt.

Später erfahre ich, dass Morgana die Oper Moses und A-ron inszenieren wird, und ich ihr offenkundig mal wieder gänzlich anvertraut bin, wenn nicht gar unter Beobachtung stehe. Aber bis dahin beinhaltet das Programm noch einige Konzerte und wie ich denke, eine Menge überzogener Forderungen. Hinter jedem Spielplan steht immer der Versuch ihn umzuschmeißen. Und so erspare ich mir jede nähere Betrachtung, zumal ich mir meinen Einstieg in die Opernliteratur leichter hätte vorstellen können, als ihn mit einem

Zwölftöner zu bestreiten, der eine zeitaufwendige Einstudierung und immense Probeleistung erforderlich macht.

Aber heute ist freundlicherweise ein anderer Tag, die Zufriedenheit erblüht in den Dingen, die jetzt und augenblicklich passieren. Die Kollegen sind aufgeschlossen und, wie ich denke, guten Mutes, eine effektive Zusammenarbeit zu gewährleisten. Kaum jemand, der mich nicht mit ein paar netten Worten begrüßt und mich Willkommen heißt. Zuweilen geschieht es mir, als würde ich wie zum Squaredance herumgereicht, wobei es mir schwer fällt, den Olymp gepriesener Namen zu besteigen.

Ein Kollege, der meine Verlegenheit bemerkt, erklärt, dass es in der Regel die Schlusslichter seien, die vorne anstünden, »die Kunst ist ein höchst unbequemer Tatbestand, zuerst wird man die Nörgler wahrnehmen, dann die Schmeichler und zu guter Letzt, die Streber, falls sie es dann wirklich sind.«

»Bestimmt gibt es noch jene, die ihre Originalität dadurch bewahren möchten und mit ihrem Instrument angesprochen werden wollen«, prostet der Intendant in die Runde und erklärt, dass die Probe gleich mit dem Krönungskonzert weitergehen wird, und der Dirigent einmal mehr unter Beweis stellen dürfte, dass sich beides miteinander vereinen lässt. Wie gesagt, was dem Herzen zustrebt, ermöglicht dem Bestehenden, über sich hinauszuwachsen.«

Sicherlich deutet nun einiges darauf hin, dass ich mein Debüt mit Bravour bestanden habe. Auch wenn ich zuweilen noch von aufwendigen Kadenzen und gewichtigen Orchesterparts heimgesucht werde, stehe ich urplötzlich vor dem Künstlerzugang eingeschmolzen zwischen Straßenlärm und Kindergeschrei, vielleicht sogar mit dem befremdlichen Gefühl, ich wäre mit einem Male um meine neue Heimat beraubt worden.

»Ich bin gekommen, um dich zu entführen«, gewinnt Annika mit unnachahmlicher Präsenz meine gänzliche Aufmerksamkeit. »Von nun an bin ich es, deren Klang du wahrnehmen solltest, die Stimme deines Ichs und das Licht, das dir den Weg weist, vornehmlich um dich zum Dinner zu bitten.«

Belebt den feudalen Ausschnitt ihrer Bluse mit der segensreichen Frische üppiger Weiblichkeit, versenkt mit tiefen Atemzügen den verbliebenen Rest der Dämmerung und ist hoffnungsfroh, den angespannten Abend noch retten zu können.

Als wir sodann uns beide dem Sog des Windes aussetzen, Annikas sommerliche Kleidung dem Pfänderspiel der Luft alle Ehre macht, treffen unsere Blicke einen Moment lang ungeschützt aufeinander, entdeckt sich der eine im anderen, losgelöst von Reglementierungen und was zu hoffen ist, von Partituren und Tongeschlechtern.

Glaubte ich bis dato noch, wir hätten uns auf ein Restaurant geeinigt, sehe ich mich zunehmend in mir selbst gefangen, gleichsam versponnen und entwaffnet, vertieft in den Gedanken, dass auch jeder bereit sein könnte, geschehen zu lassen, wozu der andere bereit wäre; mit der Gewogenheit schenkungsfreudiger Lippen und dem Willen innigster Verliebtheit. Fürs Erste stehen wir so da, als hätte die Zeit uns ausgeladen und wüssten nicht, welchen Weg wir einschlagen sollten.

»Weiß der Himmel, womit Sie Ihre Unentschlossenheit rechtfertigen wollen«, stellt sich Morgana unserer Vertrautheit in den Weg und kommt auf die glorreiche Idee, den anberaumten Abend mit einem Glas Wein aus der Taufe zu heben. Sie jedenfalls kenne einige hübsche Lokale, die man unbesehen ansteuern könne.

»Ein überzeugter Gourmet hat noch nie eine Gelegenheit verpasst«, besinnt sich der Intendant, sich anzuschließen,

»außerdem gehört es zur Demokratie, dem Genießer die gleichen Chancen einzuräumen wie einem verliebten Pärchen.«

»Jemand, der wirklich verliebt ist«, mutmaßt Morgana, »wird auch ein saftiges Steak nicht von sich weisen. Nur prüde Leute folgen ihrem Gewissen oder üben sich in Enthaltsamkeit.«

»Wer so schlagkräftige Worte zitiert, hat schon gewonnen«, übernimmt Annika, »wenn die Argumente sorgfältig gewählt sind und darüber hinaus auch noch den Gaumen berühren, muss jedes Auge zustimmen.«

»Sie halten das Messbuch offen in der Hand«, amüsiert sich der Intendant, »hoffen wir nur, dass die Himmelszeichen nicht ausbleiben und die kommenden Stunden alles das einklagen, was wir in Erwartung stellen.«

Derweil nun Annika sich der Verlegenheit hingibt, ihrer Kleidung zu einem besseren Wohnsitz zu verhelfen, Morgana ihre widerspenstigen Fingernägel dazu benutzt, sie unter die Wäsche des Theaterleiters zu bringen, gelingt es mir, das beschwingte Quartett in die nahe gelegene Künstlerklause zu delegieren.

Spontan wähle ich einen Tisch gegenüber der Pinwand bekannter Opern- und Schauspielstars, wobei der Reigen einschlägiger Persönlichkeiten sich entschieden umfassender drapiert, als ich dies auf den ersten Blick erkenne. So entgeht mir zunächst, dass Annika sich der schonungslosen Offenbarung unterworfen hat, sich für den Playboy ablichten zu lassen, wie sich denken lässt mit viel Haut und wenig Scham.

Dass es mir augenblicklich die Sprache verschlägt und ich gleich einer Martinsfackel zu leuchten beginne, bemerkt nicht nur der Kellner, der den attraktiven Gast offenkundig identifiziert hat, sondern auch Morgana van Borg, wenn sie es nicht schon längst wusste.

»Wirklich faszinierend«, begutachtet der Chef der Opernbühne das elitäre Poster, »der Garten Eden könnte keine heißeren Früchte tragen. Vollkommenheit«, gibt er sich beflissen, »ist die Kunst, sich auf feinsinnige Dinge zu verständigen. Nicht jeder kann es sich leisten, seinen Körper derart spektakulär und extravagant ins Scheinwerferlicht zu stellen. Es ist schon ein beträchtliches Wunder, wie sich aus dem verzuckerten Wagnis von Lust und Leidenschaft Träume produzieren lassen.«

»Zum Glück und zu Recht«, beehrt uns der Chef des Hauses, unterbreitet uns die Menükarte und ist hoffnungsfroh, auf der Basis der spontanen Entkleidung, ein nicht minder lukratives Mahl nachreichen zu können. Was den Geschmack weckt, sollten wir an unsere Lippen weiterreichen. Zuvor jedoch würde er uns bitten, ein Foto schießen zu dürfen, zumal er den Intendanten wie den Generalmusikdirektor nebst hübschester Begleitung wohl so schnell nicht mehr vor die Kamera bekommen würde. Veranlasst seinen Adjutanten, eine Flasche Champagner zu kredenzen und wünscht uns im Verlaufe des Abends ein paar vergnügliche Stunden.

Annika, die immer noch mit den Farben eines Chamäleons ringt, erklärt eher verlegen als empirisch nachvollziehbar, dass der Vorteil des Bekanntheitsgrades darin bestünde, dass man ihn zunächst einmal unbesehen genießen könne.

»Wir alle müssen es lernen, mit unserem vermeintlichen Ruhm fertig zu werden«, stehe ich ihr bei, »irgendwann werden wir erkennen müssen, dass wir besser beraten gewesen wären, ihn gar nicht erst zur Kenntnis zu nehmen.«

»Wenn man jemandem alles verziehen hat, und er besitzt nichts mehr, womit er angeben könnte, ist er genau der Künstler, den wir wollen«, gibt sich der Intendant wissend, »vergessen wir also, was wir sind und wozu wir uns berufen fühlen. Ich für meinen Teil weiß, was ich mir schuldig bin, jedenfalls bis zu dem Moment, da die Wandlung der späten

Stunde den Magen aufschnürt und den Appetit segnet. Ein vollbusiges Steak ist für so manches eine bravouröse Entschädigung. Wie immer wir uns also der Schöpfung nähern, die schlimmsten Fauxpas begehen wir in der Annahme, wir könnten unseren Gaumen ausschließlich mit den Früchten der Anschaulichkeit befriedigen.«

»Außerdem ist es leichter, sich den ersten Wunsch zu erfüllen«, rundet Morgana das Gespräch ab, »als auf den zweiten, warten zu müssen.«

Kapitel 7

Es ist einer der Tage, an dem ich die Zeit im Gemäuer des Schlosses schreien höre, der Augenblick, da sich alles an nichts klammert und Gedanken vergeblich um ihre Existenz bangen, da alles Geschehen zur Flucht wird und in die blinden Fenster den geheimen Nachlass kritzelt, dass in ihnen einstmals die Sterne blühten und Vogelschwärme sich in die mystisch verschrumpelten Klänge saitenloser Musikinstrumente hineinsangen, manchmal mit der geheimen Intensität, dass sie mein Herz entriegelten, sich mit wundersamen Tönen bekleideten und ein Heer tanzender Marionetten ausriefen, einfach so, um der Welt Trost zu spenden.

Und als hätte der Wind diese Einladung vernommen, öffnet er unvermittelt eines der Fenster, wirbelt die verschlafenen Schatten durcheinander und gewährt dem flutenden Licht den eiligen Zugriff, sie für immer zu eliminieren, während eine Invasion aufgeschreckter Staubpartikel sich zu einer gewichtigen Wolke vereint und mit irisierender Neugier die Gestalt eines Phantoms annimmt, vielleicht auch die Umrisse eines nicht erlösten Geistes.

Indem ich sodann nachzeichne, was mich vermeintlicherweise beeindruckt oder auch gefangen hält, schrecken mich die entfernten Blitze eines nahenden Gewitters, ein Grollen wie es sich der Teufel nicht besser ausmalen könnte.

Derweil ich nun der Helligkeit von draußen und der gespenstischen Schwärze von innen ausgesetzt bin, sehe ich mich urplötzlich dem hässlichen Lachen von Möwen und Krähen gegenüber, als wollten sie mich meiner Befindlichkeit berauben und mit den Atemzonen meiner Brust Hochzeit feiern.

Wüsste ich es nicht besser, würde ich behaupten, sie fächelten mir einen alten Traum zu, als hätten sie es darauf abgesehen, mich an die Grenzen meiner Wahrnehmung zu führen, als ginge es darum, mir meine Seele aus dem Leib zu picken; indes die Welt um mich ins Chaos zu fallen droht und den Opfertod meiner Sinne fordert, zumindest für den Moment und solange meine überanstrengten Hirnwaben der Wolkendecke anhaften und dem Horizont der Umnachtung ihre Dienste anbieten.

Als jedoch Hagelschlag und Donner den Himmel aufreißen und die Farbe der Wirrnis ins Licht des Begreifens zurückkehrt, weichen die Spukgestalten und gewähren mir den Einblick in eine empirisch nachgeprüfte Realität, zuweilen mit der Option, dass Morgana den Türrahmen dazu nutzt, sich zu materialisieren, wobei sie auch ein kosmisches Zeittor gewählt haben könnte. Jedenfalls schaut sie nicht so aus, als wüsste sie, wohin sie gehört, wenn auch mit der toleranten Einschränkung, dass sie mit meiner Gesellschaft durchaus einverstanden wäre.

»Sie werden es mir nachsehen, wenn ich bezweifle, dass ich noch im Geschehen bin«, steuert Morgana bei, »das, was ich zu sein glaube, könnte mein eigener Schatten sein, das Trugbild meiner Eltern oder auch die fehlgelenkte Nachgeburt einer nie vollzogenen Kindheit.«

»Dann haben wir wohl einige Gemeinsamkeiten«, gebe ich mich geläutert. »Das, womit der Himmel manchmal so ungebührlich droht, könnte die Hölle sein oder auch ein teuflischer Plan. Es sollte also nicht die Frage sein, welches Fenster für welche Nachricht offen steht, sondern wie gelange ich zu mir selbst, ohne größeren Schaden anzurichten.«

»Das wäre die eine Sache«, schränkt Morgana ein, »die andere besteht darin, wie kann man sich vor Eindringlingen schützen, die es darauf angelegt haben, dem Teufel die Akte des Grauens abspenstig zu machen, bestmöglich im Eintausch gegen die Liste des Todes. Zumindest glaubte ich mich bis vor einer Weile noch verfolgt und beobachtet; und es war nicht, wie du vermuten könntest, eine Halluzination. Das Ding, das da auf meinen Schultern hockte, war die leibhaftige Inkarnation des Schreckens, ein Kretin der besonderen Art.«

»Für die meisten Menschen ist das Leben die Begegnung mit etwas, das es nicht gibt«, gesellt sich Anton hinzu, »sollte sich dennoch jemand ins Schloss verirrt haben, werden wir ihn als Makrele in eine Dose verschweißen«, wischt mit seinem Ärmel den Staub von einer kindsgroßen Kaplansfigur, segnet sie mit den Worten, der Herr möge uns bei der Ergreifung des schäbigen Delinquenten behilflich sein, andernfalls könnte es ihr passieren, mit selbiger Post auf den Müll befördert zu werden.

Dass er hierbei ganz allgemein die Gespenster des Schlosses anspricht, dürfte allen bekannt sein. Auch wenn der Glaube daran bislang wenig Beachtung fand und der Einzelne dazu angeraten scheint, sich auf sich selbst zu verlassen, beschwören wir in chorischem Gleichklang den hinterhältigen Instinkt einer Jagdgesellschaft und zeigen uns zuversichtlich, dem unseligen Verräter alsbald das Brandeisen der Verwünschung aufdrücken zu können.

Immerhin glühen Antons Wangen bereits mit dem Zorn einer überhitzten Waffenschmiede, zuweilen mit der suggestiven Bereitschaft, dass es keiner weiteren Theorien bedarf, den unmittelbaren Zwang, so schnell es geht, in die Praxis umzusetzen.

Zitiert seine irischen Wolfshunde Aron und Leica zu sich, streichelt ihr gesträubtes Fell zu Bestien auf und ist überzeugt, den Weg zur Eliminierung Morganas Ängsten gefunden zu haben.

»Ich wusste schon immer, dass du ein besonderes Augenmaß für elitäre Vernichtungsrituale hast«, stehe ich ihm zur Seite, »zumindest dürfte sich bestätigen, dass du gegebenenfalls die gescheiteren Argumente ins Feld führen kannst, selbst unter der Prämisse, dass du bisher nie persönlich Hand anlegen musstest, da dir die hauseigenen Kobolde stets zuvorkamen.«

»Und wie verhält es sich, wenn der mutmaßliche Kontrahent unsere Absichten durchschaut und den angedachten Plan mit einer Pistole durchkreuzt«, interveniert Morgana. »Das, was wir in unserem Kopf spazieren führen, könnte auf irgendeine Art und Weise längst Gestalt angenommen haben.«

Verleiht ihrem Antlitz den Durchblick einer frisch polierten Glühbirne und verheißt im Lichte dieser Erkenntnis, dass man nichts ausschließen könne. »Das Böse geizt nicht mit Überraschungen und ist selten dort anzutreffen, wo man es vermutet.«

»So weit würde ich nicht denken«, halte ich dagegen, »wir sind angetreten, das Unheil zu verhindern und nicht, um es heraufzubeschwören. Ganz gleich womit sich eine Leiche schmückt, sie wird immer unsere Mitschuld fordern. Stoßen wir also das Oberlicht der Erleuchtung zu gescheiteren Perspektiven auf und gehen davon aus, dass das Universum uns zugeneigt ist und die Fragen unserer Existenz längst zu unseren Gunsten entschieden hat.«

»Dennoch haben wir das Ding nicht aus der Reserve gelockt«, mutmaßt Anton, gibt sich als Speckschwarte zu erkennen und ist hoffnungsfroh, die Ratten locken zu können. Schickt seine beiden Lieblinge Leica und Aron nach und nach in die einzelnen Räume und zeigt sich zuversichtlich, die Beute aufzuspüren. Die Akte der Moral ist beschlagnahmt, überdies dann auch der Moment, da die Falle zuschnappen wird.

Und als hätte der Allmächtige sich dazu bekannt, die Party steigen zu lassen, präsentiert er gnädig den Corpus Delicti, hier mit dem Outfit eines SS-Gardisten und der exklusiven Bereitschaft stechender Augen, vielleicht auch die Hinterlist von Bunkerschlitzen, die alles zu eliminieren trachten, woran sie sich bisweilen wundgesehen haben.

Bis dahin verkörpert der unheimliche Gast fast alles, was der Zerstörung nahekommt und der Vernichtung entgegenstrebt. Womit der Schächer des Todes allerdings nicht rechnet, ist, dass sich ihm die eingesegnete Kaplansfigur entgegenwirft, wenn auch mit dem Beistand Antons und dank seiner kräftigen Arme. Hinzu kommt, dass der Stratege des Unheils zunehmend seinen Überblick einbüßt und die Treppe zur vermeintlichen Flucht im Sturzflug nimmt.

Zumindest dürfte der unselige Delinquent damit fürs Erste den Fall aller Fälle hinter sich gebracht haben, gewiss nicht ohne Blessuren, wollte man zur Prophetie schreiten, auch nicht ohne Frakturen.

Zur weiteren Verwunderung sei noch gesagt, dass der Eindringling nicht unmittelbar zu identifizieren ist. Wer seinen Verstand derart penetrant an die Vergangenheit verschenkt hat, dürfte auch keine Zukunft mehr besitzen, allenfalls würden ihn die lädierten Beine noch in die Hölle tragen oder auch in den Hades.

Morgana, die den Eskapaden des Nazikriegers mit Entsetzen beiwohnt, zweifelt augenblicklich an ihrer Verfassung. Nicht, was sie sieht, scheint noch von Bedeutung, sondern was ihre Seele transportiert.

Ihre eingeschüchterten Blicke verraten mir, dass sie in die Vergangenheit übergewechselt ist und mit neurotisch fixierten Szenarien in Bedrängnis kommt. Bereits dem kindlichen Timbre ihrer Stimme entnehme ich, dass ihre Psyche alle Ängste dieser Welt vereinigt und ihren Körper in gänzlicher Hilflosigkeit erzittern lässt.

Inzwischen ist es Annika, die dem Geschehen hinterhereilt, wenn man das Wetter einbeziehen möchte, aus heiterem Himmel und in schlechter Laune; verteufelt den Tag, da sie sich der Medizin verschrieb, und gelangt sehr bald zu der Erkenntnis, dass der Herr dem Menschen das Leben nur geliehen hat, und die Aspiranten des Leichtsinns schneller als gedacht mit dem längeren Ende des Todes vorlieb nehmen müssen.

Nach etlichen Wiederbelebungsversuchen begibt sie sich ans Telefon und unterbreitet den Verdacht, dass von nun an die Profis gefragt seien, hofft auf die Zuverlässigkeit eines Krakenwagens und prognostiziert in Abwägung ihres Wissensstandes, dass er womöglich auch dann zu spät käme.

»Es ist eine der Forderungen unseres Daseins, dass wir an den Tatort des Verbrechens zurückkehren«, befreit sich Morgana aus ihrer seelischen Abgeschiedenheit, wobei ihr anzumerken ist, dass eine gewisse Genugtuung mitspielt, den Übeltäter außer Gefecht gesetzt zu sehen. Falls dies für immer wäre, würde sie das auch nicht sonderlich stören. Letztendlich gehöre er dem schändlichen Quartett an, das sich über ihre Mutter hermachte und sie vergewaltigte.

»Wenn es vier waren«, beschneidet Annika ihre Nachdenklichkeit, »wären es jetzt nur noch zwei.«

»Sie haben mitgezählt«, zieht Morgana ihr höchstpersönliches Fazit, »dennoch möchte ich nicht verhehlen, dass nur noch einer im Beritt sein könnte. Die beiden in Gewissensnöte geratenen Duellanten könnten sich schon der Ehre wegen gegenseitig umgebracht haben.«

»Jedenfalls möchten Sie das nicht ausschließen«, resümiert Annika, »ein geprüfter Jagdhund findet zwar unbesehen die Fährte des Wildes, er könnte sie aber auch ebenso schnell wieder verlieren. Insofern hoffe ich, dass Sie sich auf Ihre Intuition verlassen können und auf der richtigen Spur sind.

Was man zurücklässt, holt einen immer wieder ein, schneller als gedacht und mindestens so effektiv.«

»Woran sollte ich also zweifeln«, entgegnet Morgana, »die Macht, die jemand über andere ausüben möchte, steht in ihren Augen geschrieben, sie sind voller Respektlosigkeit und Missachtung.«

»Andererseits dürfte dir zu Ohren gekommen sein«, stelle ich mich dazwischen, »dass der Menschheit größtes Rätsel allein wir selbst sind, jedoch keineswegs dessen Lösung. Es ist nicht der Tag unserer Geburt, da wir das Licht der Welt erblickten, sondern Jahre später, nachdem wir in Erfahrung gebracht haben, was uns das Leben wert ist und mit welchen Gefahren wir zu rechnen haben. Folglich sollten wir unseren Stolz disziplinieren, Bitterkeit und Hass sind die Wölfe im Gehege unseres beschränkten Daseins. Geben wir uns also einen Ruck und befreien uns von der Umklammerung innerer Selbstsucht. Nachsicht und Geduld ist das Fundament aller Weisheit, und wenn es dann noch mit Liebe und Anstand gesegnet ist, dürfte der Erfolg nicht lange auf sich warten lassen.«

»Franz von Assisi könnte keine gescheiteren Worte gewählt haben«, reklamiert Morgana. »Für alles findet sich ein Deckel, nur keine überzeugenden Beispiele. Mithin solltest du zweimal nachdenken, bevor du einmal etwas Verkehrtes sagst. Diejenigen begreifen sehr wenig, die stets ihr Gewissen beauftragen müssen, ehe sie bereit sind, sich verständlich zu machen. Natürlich werde ich keine unlauteren Dinge tun, wenn überhaupt, inszeniere ich sie, und wie du siehst, komme ich mit dieser Taktik bestens zurecht.«

»Fairness oder Selbstgerechtigkeit, wie man es sehen möchte, wer ohne Gnade ist, hat auch verspielt«, halte ich ihr entgegen. »Noch ist das Skript nur belastet, hoffen wir nicht, dass es dir irgendwann zur Falle wird und du den Strick für dein eigenes hübsches Köpfchen knotest.«

Als dann der Krankenwagen seine Dienste aufnimmt, der Arzt nur noch das Unvermeidbare bestätigen kann, ist es wenig später der Kommissar, der die Matte aufsucht und mit unangenehmen Fragen die eh geschädigte Beliebtheitsskala des heutigen Tages auf null und nichtig herunterschraubt.

»Jemand, der dieses Schloss widerrechtlich betritt«, steuert Anton bei, »wird sich damit abfinden müssen, dass ihn die Geister nicht mehr aus den Augen lassen und mit einem Fluch belegen.«

Gleichwohl der mühselig erworbenen Erklärung unmittelbar die Puste ausgeht und dem Kommissar diese Visionen hinlänglich bekannt sind, brilliert er mit der Tatsache, dass der Arzt den Herztod des Kriegsveteranen bescheinigte und damit die Möglichkeit zunichte macht, er könnte seinen Verletzungen erlegen sein.

Des Weiteren entgeht ihm nicht, dass der Wehrmachtssoldat über eine Dienstpistole verfügte und dass die Anwesenden stets in der Bedrohung standen, ausgeschaltet zu werden.

»Wirklich fatal«, echauffiert sich Salvatore, »da kommt jemand daher, möglicherweise unmittelbar aus dem Dritten Reich, und wählt genau diesen Ort, um sein letztes Stündchen schlagen zu sehen. Sollte also jemand den Grund hierfür kennen, wäre es ratsam, ihn mir zu nennen, zumal es sich bei diesen Leuten um eine eingeschworene Gemeinschaft handeln könnte und ähnliche Vorfälle nicht ausgeschlossen wären.«

»Zumindest wäre es leichtsinnig anzunehmen«, konkretisiert Annika, »dass damit das Ende der Geschichte angesagt wäre. Womöglich ließen sich in diesem Zusammenhang weitere Episoden nachreichen.«

»Ihr Kodex könnte darin bestehen, sich vor der Vergangenheit zu schützen«, pflichtet der Kommissar bei, »vor irgendwelchen Repressalien und Diffamierungen. Aber wie die Aktien auch stehen, spätestens wenn der Film abgedreht ist und die Spekulationen den Markt erobert haben, werden wir mehr wissen.«

»Dennoch sollten Sie davon ausgehen«, füge ich an, »dass es ein Fehler wäre, zu glauben, man könne ein Drehbuch erstellen, bei dem die vermeintlich echten Darsteller sich dem Gelübde unterzogen hätten, freiwillig in den Tod zu gehen.«

»Alles geschieht zum ersten Mal«, resümiert der Kommissar, »normale Menschen machen auch keine Stichproben mit dem Stilett. Nur wer Übertreibungen schätzt, ist in der Lage, andere zu verblüffen. Aber das wäre wohl ein anderes Libretto, der Komfort liegt im Glauben und nicht im Denken.«

»Ein Kriminalist dem die Beweise ausgehen, dürfte sich fühlen wie ein Surfer, der auf dem Trockenen sitzt und die kommenden Ereignisse als Rettungsanker ansieht«, übersetzt Annika. Schlägt vor, die fortgeschrittene Zeit mit einer Tasse Tee zu besiegeln und meint, dass das Leben sich einfacher gestalten ließe, würde man dazu übergehen, die Hälfte von dem, was eh falsch ist, aus dem Gedächtnis zu streichen. Außerdem habe man mit übertriebenen Vorsichtsmaßnahmen bislang nur Suspendaten oder Feiglinge in die Welt berufen.

»Und wer möchte schon dazugehören«, so der Kommissar, »außerdem gehe ich davon aus, dass jeder der Anwesenden weiß, dass man ein Rennen nicht gewinnen kann, wenn man vor der Realität davonläuft. Folglich kann man sich sicher sein, dass irgendwer immer bereit ist, dem Eklat einen Namen zu geben, spätestens wenn den Ausreden die Tiefe fehlt und die Besserwisser in die Breite gehen. Nichts ist der Ewigkeit vorbehalten, besonders zum Ende hin.«

Bedankt sich für den vorzüglich aufgebrühten Tee und ist zuversichtlich, ihn beim nächsten Male in versöhnlicher Stimmung genießen zu können. »Es gibt eine Behauptung, die besagt, wenn jemals irgendwer herausgefunden hat, was ihm eine Sache wert ist, hat er sie schon wieder aus den Augen verloren.«

»Und dann gibt es noch die andere Theorie, wonach der Gast auch dann eingeladen ist, wenn für ihn kein Grund mehr besteht, seinen Dienst zu versehen«, kommentiere ich meine Erwartungen.

»Ich will es beherzigen«, übernimmt der Kommissar, »dann hoffen wir auf verträglichere Zeiten und den Moment, da Ihnen das Schloss wieder allein zur Verfügung steht.«

Kapitel 8

»Morgen oder gestern, das ist die Zeit vielerlei Versprechungen, die Heimat von Trugbildern und Tragödien, und es ist die Zeit schmerzlicher Wahrheiten, die besondere Tatsache, dass alles schon einmal gesagt und tausendmal gehört wurde«, beklagt Salvatore die Nachlässigkeit Antons, wenn es darum geht, sich zu ihrer Liebe zu bekennen. »Glück und Harmonie ist die Art, wie ein Mensch Ja sagt, ohne dass man ihm eine bestimmte Frage gestellt hat.«

»Dann werde ich mit ihm reden müssen«, begebe ich mich an seine Seite, »wer in Eile ist, sollte keinen Umweg machen, und deine Worte hören sich nicht so an, als ließen sie sich auf die lange Bank schieben. Es gibt kein größeres Dilemma als Desinteresse und Gleichgültigkeit. Die einfachsten Lösungen sind die, auf die der Mensch zuletzt kommt, genau das sollten wir verhindern. Wenn man nicht vom morgigen Tag abhängig werden möchte, wäre es ratsam, ihm heute bereits die Hand zu reichen.«

Überfliege in gebotener Höflichkeit die gegebenen Räumlichkeiten und erkläre eher beiläufig als gefordert, dass für alles gesorgt sei, das Einzige, was noch passieren müsste, wäre, einen geeigneten Pfarrer zu verpflichten. Außerdem hätten die Glocken der Schlosskirche bislang ein Hochamt versäumen lassen, ansonsten stünden sie in der Gunst, neuerliche Erfahrungen zu sammeln. Und was die hausinternen Hirten anbetrifft, dürften sie längst eingeschworen sein. Insofern bedürfe es keiner näheren Erläuterung, man bräuchte nur erzählen, womit jeder längst gerechnet hätte.

»Wer den guten Willen zu seinem Geständnis macht, hat schon gewonnen«, positioniert sich Morgana, »Normalität ist das was übrig bleibt, wenn wir vergessen haben, was andere denken oder tadeln könnten. Meines Wissens«, rutscht sie in die Zweideutigkeit ab, »gibt es keine eindeutige Geschlechtsbestimmung, vielleicht noch den Mythos dessen, oder den Versuch, seinen Satyr unter Einbeziehung der Ehe zu generieren. Aber die Hörner werden nicht so lang gewachsen sein, dass man sie noch abstoßen müsste.«

»Das Happyend ist also angedacht«, gleitet nun auch Annika über das frisch gebohnerte Parkett, »wer bislang glaubte, er müsse sein Leben tugendhaft bestreiten, muss feststellen, dass die schöneren Stunden jene gewesen sind, die man der Sünde gewidmet hat. Das was sich mit Begeisterung erschließen lässt, kann nicht verkehrt sein«, unterbreitet sie ihre Erfahrungen. »Sexualität und Sinnlichkeit ist der Resonanzboden allen Denkens, gewiss aber der Barbier alter Zöpfe. Insofern sollte man jegliche Bedenken über Bord schmeißen. Ein Zusammenleben mit halbherzigen Versprechungen wäre die dümmste aller Lösungen. Weiß man erst einmal, worauf es ankommt, sollten alle Zweifel ausgeräumt sein.«

»Nun, da wir alle Fragwürdigkeiten beiseite geräumt haben«, sucht Anton den Zeugenstand auf, »fehlt nur noch der Kandidat, dem wir unser Wohlwollen unterbreiten können. Jeder ist an seinem Platz unentbehrlich, vor allem, wenn man ihn gerade dazu aufgefordert hat, ihn einzunehmen.«

»So mancher wurde, unter der Lupe besehen, nicht größer sondern kleiner«, schließt Morgana auf, »und wer möchte schon den Ruf eines Tribunals auf sich vereinigen. Die Ehe verhält sich wie eine Briefmarke, einmal aufgeklebt, wird sie jede Reise mitmachen. Zeigen wir uns also gnädig und hoffen, dass sie bei der Erfüllung der Wünsche weiterhilft.«

Und als hätte Anton das Hosianna der Geschworenen vernommen, nimmt er allen sein Geständnis vorweg, natürlich knapp bemessen und in gewohnter Einsilbigkeit, wobei er Salvatores liebevolle Fürsorge hervorhebt, ihn auf die Wange küsst und zu der Überzeugung gelangt, dass der Hauptzweck des Lebens darin besteht, es zu genießen. Rühmt die Kochküste seines Geliebten und gibt zum Besten, dass er bislang noch jeden mit einer deftigen Bohnensuppe in die Flucht gekocht hätte.

»Bedauerlicherweise wird man erst vernünftig, wenn man alle anderen Möglichkeiten ausgeschöpft hat«, versuche ich es mit einer Prise Humor, »dennoch wird es die endgültige Gewissheit nicht geben, der Besitz ist uns eh nur geliehen. Auch wenn dies jeden gleichermaßen trifft, sollten wir das Wagnis der Ehe eingehen, Abenteuerlicheres und Interessanteres hat die Welt nicht hervorgebracht.«

»Es gibt nichts Nutzloseres als philosophische Deutungen, sie treffen selten den Kern der Sache und sind darüber hinaus nicht nur langweilig, sondern auch noch trübsinnig«, bemüht Morgana ihre angeschlagene Logik, »ich denke, ein Glas Champagner könnte jetzt nicht schaden, er entspräche der frohen Botschaft und den herrschaftlichen Gepflogenheiten des Hauses. Wie sagte Maximilian zu einer vorgerückten Stunde, wir bestreiten unseren Lebensunterhalt mit dem, was wir bekommen und leben von dem, was wir haben.«

»Das nur zur Ideologie gerechter Verteilung«, wertet Annika, »wenn alle Wege versperrt sind, verbleibt nur noch der Absturz in den Keller. Dabei gibt es zwei Möglichkeiten der Realisation, es geht der, der aufteilen möchte, was er begehrt, oder der andere, der bereits dankbar wäre, wenn er die heiße Bohnensuppe für eine Weile zurückstellen könnte.«

»Dann wären wir schon zu zweit«, fühle ich mich angesprochen, »die Boten der Unterwelt müssen zusammenhalten, allein sie vermögen mit den Gespenstern zu kooperieren, vor allem, wenn es darum gehen dürfte, die schwermütigen Geister aus ihrer Verkorkung zu befreien.«

Als wir dann den mit Blumen und Kerzenleuchtern geschmückten Bankettsaal betreten, die ellenlange Tafel den neurotischen Verdacht aufkommen lässt, sich in Platzangst ergehen zu müssen, gelingt es Salvatore, den auserwählten Kreis mit einem lockeren Sinnspruch zu erheitern. »Wie sagte irgendwann irgendwer, es wird die Zeit kommen, da Könige sich dem Mahl des Proletariats angeglichen haben und das Proletariat dem der Könige.«

Wünscht uns allen einen Guten Appetit und versichert, dass die Suppe über jede Gourmetküche erhaben sei, schließlich sei sie mit viel Liebe und ungetrübter Zuneigung gekocht.

»Und ich dachte schon mit Eisbein und Würstchen«, stelle ich unter Verdacht, schließe mich seinen Wünschen an und gebe mich der kellnerhaften Aufmerksamkeit hin, mich um die Getränke zu kümmern.

Als dann die ersten Schwaden den Tellern entsteigen, Etikette und Wohlwollen behutsam zueinanderfinden, entschließt sich Salvatore, seine Vita preiszugeben und schildert in schier abenteuerlichen Episoden den Leidensweg seiner Kindheit.

So berichtet er, dass er seine Jugend in einem katholischen Weisenheim verbrachte und ähnlich den Zwangsarbeitern verdammt war, Torf zu stechen, indes er abends nach getaner Arbeit sein Bett mit immer anderen Gottesanbetern teilen musste.

»Erst nach Jahren und nachdem mein Körper durch Diphtherie und Tuberkulose geschwächt war, ließen die Knechte des Teufels von mir ab. Wie sagte irgendwann irgendwer, im Himmel sind die Heiligen gut aufgehoben, auf Erden allerdings können sie einem das Leben zur Hölle machen. Weshalb ich das erzähle«, hält er plötzlich inne, »begründet sich darin, dass der Klerus mir noch etwas schuldig ist. Auf die einfache Formel gebracht, es sollte ihnen ein Bedürfnis sein, sich zu rehabilitieren, gemeinhin, dass irgendwer sich dazu bewegen lässt, unsere Trauung zu vollziehen.«

»Sie könnten sie dazu verpflichten«, fühlt sich Morgana in ihrem Element, »mit ein bisschen Nachdruck und einigen beschaulichen Drohbriefen dürften die Delinquenten des Elends weich zu klopfen sein. Vor allem aber sollten Sie sofort damit beginnen, morgen schon könnte der Tag angesagt sein, da Sie sich dies womöglich selbst verbieten.«

Was hierbei nicht überkommt, ist die Tatsache, dass sie bereits die entsprechenden Erfahrungen gesammelt hat und keineswegs bereit gewesen wäre, irgendwelche Zugeständnisse zu machen. Sie ist der bewaffnete Igel im Gestrüpp friedlicher Koexistenz.

Anton, der Morganas Schilderung mit eingeknickten Ohren zur Kenntnis nimmt, erklärt zum Verständnis aller, dass er seinen Schulkameraden und späteren Ordensbruder Benediktus aufgesucht hätte, um ihm sein Anliegen zu schildern. Dankenswerterweise gewährte er ihm seinen Beistand und war sogleich bereit, die Trauung zu vollziehen.

Der Herr, gab er sich verständnisvoll, habe seine Schafe auf die Weide tausend Gleichgesinnter beordert und keine Pferche für ausgefallene Individualisten geschaffen. Irgendwann werden wir alle gleich sein, ohne geschlechtsspezifische Aufdrucke und Erkennungszeichen. Die Weltsicht wird ein neues Antlitz erfahren, und wir werden alle Voraussetzungen vorfinden, der neu erschlossenen Wahrheit zu dienen, mit all ihren Konsequenzen und Zugeständnissen, zweifellos aber wird die Liebe zum Maßstab jeglicher Beurteilung werden. Besinnt sich, seinen Partner abermals zu umarmen und geht davon aus, dass sie beide alle Voraussetzungen für eine tiefverbundene Zuneigung erfüllen.

»Wo Menschen angebetet werden, wird es Zeit, darüber nachzudenken, was wir dabei zu suchen haben«, stellt sich Annika ihrem Gewissen. »Die Hochzeit ist ein Schachspiel bei dem beide Partner mattgesetzt werden. Wir haben zwar den Allmächtigen erwählt, sich dem Brautpaar anzunehmen, nicht aber dem äußeren Erscheinungsbild und der Frage, wie es mit den Jungfrauen und Blumenkindern bestellt ist.«

»Ich denke, Salvatore wird genügend Freunde haben, die bereit sein dürften, beides zu bestreiten«, bescheinigt Morgana. »Ich selbst würde die fechtende Zunft zum Spalier bitten, die Crew der Schauspieler und Bühnendarsteller dem Gefolge zuordnen, und wenn ich es näher ausführen sollte, mit Frohsinn und der entsprechenden Kommunikationsbereitschaft.«

»Fantasie und Entschlossenheit sind der halbe Weg zum Erfolg«, stimme ich zu, »das Einzige, was schwierig werden dürfte, ist, jemanden in den Himmel zu heben, wenn die Akteure mit beiden Beinen auf der Erde stehen. Aber das nur als Denkanstoß, das Prozedere an sich wäre damit gewiss nicht abgehandelt. Die anschließende Hochzeitsfeier sollte in der Eingangshalle des Schlosses stattfinden, bestmöglich mit einem Streichquartett und einer zur Eleganz angehaltenen Gesellschaft.«

»Ein bisschen weniger Theatralik ginge auch«, beschwichtigt Anton. Ein mit Schwielen behafteter Gärtner und eine mit zwei linken Händen bestellte Braut sollten den Kreis der Kreise etwas bescheidener angehen. Der undankbarste Beitrag, den du dir leisten könntest, wäre, deine Fußnägel zu lackieren oder dich mit einem Kajalstift zu entstellen.«

»Vielleicht stört dich auch ganz allgemein die Art, wie ich bin, wie ich mich bewege und darstelle«, wehrt sich Salvatore.

»Wenn du schon deine Finger bei dir halten könntest und keine Luftlöcher in den Raum dirigiertest, wäre das gewiss schon die halbe Miete«, unterbricht ihn Anton, »auch deine Stimme könntest du etwas disziplinieren, einige Koloraturen weniger und ein paar dezentere Diktionen dürften ebenfalls nicht schaden.«

»Manchmal gehört es zur Natur des Menschen, anders zu sein als die anderen«, stellt Morgana zur Disposition, »jede Freiheit hat ihren Preis. Nichts ist unmöglich, wenn es nur verrückt genug ist. Den Rest besorgt die Mode, außerdem verfügen wir über versierte Maskenbildner und Gewandmeister, schlichtweg über die gesamte Palette dessen, womit sich der Parlamentarier zum Narren machen kann, der Clown zum Kaiser und die Konkubine zur Königin. Insofern passiert nichts, was das Schicksal nicht schon x-Male selbst organisiert hätte.«

»Der Kostümwechsel ist keine Gnade und längst nicht die Gewähr dafür, den angemahnten Urknall zu verhindern«, legt Salvatore sein Veto ein, »wir sollten so sein, wie wir sind, und nicht, wie wir uns verstellen müssen.«

Während wir so noch eine Weile damit beschäftigt sind, Gott und die Welt in Einklang zu bringen, materialisiert sich vor uns die Gestalt eines Flugkapitäns, bekleidet in einem Militäroverall, mit Fliegerjacke und Zelluloidbrille. Erklärt, dass er soeben dem Flugzeug der alten Kriegsmarine entstiegen sei und zuweilen das Gefühl hatte, über die Piste hinausschlingern zu müssen. »Natürlich hätte ich es besser wissen müssen, wer im Blindflug die Nase vorn haben will, muss damit rechnen, sie sich einzuschlagen. Aber wie gesagt, die Marotten von heute gesellen sich gern zu den Dummheiten von gestern. Die Landebahn hat zwar durch die Aufschüttung des Schotters gewonnen, entspricht jedoch nach wie vor eher einem breit ausgetretenen Eselspfad.«

Natürlich hätte der Protagonist des Himmels weitere Episoden landen können, sieht sich dann allerdings von der spartanisch angerichteten Tafel zunehmend irritiert. Um es seiner Mimik anzugleichen, fühlt er sich weder animiert noch eingeladen. Genügsamkeit, scheint ihm das Gedeck zu verraten, ist die Kunst der Zurückhaltung.

Stiefelt entlang der Gemäldegalerie, beschnuppert indes die Bilder, die wie zur Parade angemahnt, seine Neugier fordern, und gelangt ohne größere Umwege zu der Erkenntnis, dass die meisten Werke der entarteten Kunst zuzurechnen wären und von Malern erstellt wurden, die während des NS-Regimes verfolgt waren, so zum Beispiel Barlach, Beckmann, Klee und Kirchner.

»Wirklich sensationell«, gibt er sich der Betrachtung hin, »sie alle sind von den Nationalsozialisten mit Berufs- und Malverbot belegt worden, falls sie dann nicht zur Emigration gezwungen waren oder gar ermordet wurden.«

Nun müsste ich eigentlich vor mir selbst zurückschrecken. Da kommt jemand daher und bewundert eine Bildersammlung, die mir bisweilen weder vor Augen kam, noch ins Gedächtnis wollte. Aber worin auch meine Arglosigkeit bestehen mag, augenblicklich verbiete ich es mir, meine Verwunderung zum Gespött zu machen.

Morgana, die meine Hilflosigkeit zu deuten scheint, entschließt sich spontan, den verpassten Anflug zu entschuldigen. »Sollte das Kamerateam den Take ebenfalls verschlafen haben, wären wir möglicherweise dazu verdonnert, den gesamten Ablauf noch einmal zu wiederholen.«

Bittet den Navigator der Lüfte, sie zur Piste zu begleiten und ist guten Mutes, dass man ihn dennoch zwischen den Bäumen oder über die Wipfel hinweg abschießen konnte.

Als dann die beiden sich aufgemacht haben, das Unvermeidliche zu klären, schickt sich Anton an, mir das Auftauchen der Bilder zu erläutern.

»Natürlich hast du gesehen, was du gesehen hast, es war kein Spuk und erst recht keine Paranoia. Eigentlich wollten wir dir nur eine Überraschung bereiten. Die Werke lagerten über die Jahre hinweg im Geräteschuppen. Offenkundig hielt man sie vor den NS-Verbrechen verborgen, wonach sie mangels Erinnerung in Vergessenheit gerieten. Erst kürzlich, als Salvatore die Remise durchstöberte, konnte er sie hervorlocken und einer Galerie zur Begutachtung freigeben. Inzwischen präsentieren sie sich frisch eingerahmt und mit neuen Passepartouts. Dankenswerterweise haben sie die Kriegsjahre wie auch die Zeit danach unbeschadet überstanden.«

»Ich denke, dass dein Vater das Drama kommen sah und entsprechend handeln konnte«, schließt sich Salvatore an. »Dass seine Ehefrau Jüdin war, dürfte den Hinweis dafür liefern, dass sich viele Dissidenten hier einfanden, und, wie ich vermute, so manchen Künstlern unter die Arme greifen konnten. Was dann geschah, lässt sich unschwer erahnen, die Nazis okkupierten das Anwesen und besudelten es mit ihrem schändlichen Treiben. Der Rest ist Schweigen und steht im Zeichen endlos vieler Halluzinationen und Wahnvorstellungen.«

»Es finden sich vermehrt Dinge ein, die einen in Erstaunen versetzen, die da sind, aber eigentlich nicht dorthin gehören«, verdichtet Annika das Thema, »aber heute ist nicht gestern, wie sagt man so schön, die Geschichte ist ein Zustand und kein Vergnügen.«

»Man könnte auch anders argumentieren«, lenke ich ein, »das Schicksal hat uns zwar die Bitternis der Zeit abermals plastisch vor Augen geführt, jedoch auch die Schaffenskraft derer, die stets bemüht waren, ihre Fähigkeiten unter Beweis zu stellen, bestenfalls für die Nachwelt zu dokumentieren.«

»Ganz nebenbei wurden wir also reichlich beschenkt«, empfiehlt sich Annika, »um es auf den Nenner zu bringen, der Flirt mit den Schätzen dieser Welt, ist ein großes Erlebnis, die bevorstehende Heirat hingegen, ein gewaltiger Fortschritt.«

Prostet auf das Brautpaar in spe an und zeigt sich überzeugt, dass ihnen ein neues Eldorado wachsen wird, man müsse sich nur bekennen und den Segen Gottes empfangen. Wer sich zu Lebzeiten krümmen musste, hat jetzt schon sein Glück gemacht.«

Kapitel 9

»**W**ir sollten dazu übergehen, den Tag der offenen Tür abzuschaffen«, empfiehlt sich Annika. »Höflichkeit und Rücksichtsnahme ist selten ein Garant für friedliche Fische. Würde man auf derartige Attribute verzichten, käme man der eigenen Lebensweisheit näher. Wir würden uns der Fähigkeit unterziehen, mit unangemeldeten Einflüssen fertig zu werden, den mutwilligen und geplanten, und wir könnten unserer persönlichen Meinung wieder etwas mehr Bedeutung beimessen. Die Welt ist verrückt genug, als dass man sie noch ins Haus holen müsste.«

»Wer glaubt, er könne mit den alltäglichen Gepflogenheiten Karriere machen, ist entweder ein Ignorant oder er weiß nicht, was ihm das Leben wert ist. Der Alltag ist so lange originell, wie man ihn ertragen kann, meist allerdings geht er einem auf den Geist«, sieht auch Anton sich genötigt, der Filmcrew eine Absage zu erteilen, »wenn man den Lastern dieser Welt nicht mehr begegnet, ist man entweder taub oder zu alt geworden, folglich wäre es eine großartige Idee, Morgana van Borg mitzuteilen, dass sie die weiteren Aufnahmen in einem Studio fortsetzen sollte.«

»Jedenfalls kann man nicht behaupten, sie hätte durch ihre Anwesenheit den Tag bereichert«, stelle ich mich dem allgemeinen Credo, »zuerst waren es die Dissidenten der Nazis, die das Schloss in Verruf brachten, dann die Adjutanten der Piste, die ihre Luftakrobatik dazu missbrauchten, den Himmel über Lahnstein in Aufruhr zu versetzen. Irgendwann könnte es die Moral derer sein, denen die Demontage längst nicht weit genug geht. Wenn die Komparsen mal gerade nicht den Aufstand proben, dann zündet ihnen vielleicht die Idee, das Anwesen vom Dachstuhl her abzubrennen, vielleicht sogar mit der fatalen Gewähr, dass nichts so ernst gemeint ist, wie es sich letztlich ereignet.«

»Bildlich gesprochen«, stellt sich Salvatore an meine Seite, »wir sollten die Einflugschneisen kürzer halten und den Sternen über Schloss Lahnstein wieder die Vorherrschaft einräumen. Ihr Glück war uns bislang beschieden und sollte auch künftig den Dachfirst erreichen, bestmöglich in altem Glanz und golden gefärbt.«

»Wohlwollen und Zuneigung sind weder Bürgschaften, noch chemische Formeln, die sich beliebig verändern lassen«, zitiere ich meinen Verstand, »sie beschränken sich auf Toleranz, Besonnenheit und Rücksichtnahme. Sollten wir etwas anderes in Aussicht gestellt haben, hätten wir uns rechzeitig dazu bekennen müssen.«

»Es gibt keinen traurigeren Anblick als Menschen, die ihren Optimismus eingebüßt haben oder gegen schlechte Laune eintauschten«, überrascht uns Morgana, »was immer Sie verändern möchten, etwas zu verlieren geht schneller vonstatten, als das Gewonnene zu erhalten oder zu vermehren.«

Legt eine Reihe von Tageszeitungen auf den Tisch, schildert in gewohnt schnörkelloser Manier, dass ich eine famose Darstellung meines Könnens abgeliefert hätte, und dass man meine nächsten Konzerte bereits jetzt schon mit Spannung erwarten würde. Pauschal betrachtet, seien die Artikel extrem gut positioniert, umfangreich gefasst und mit schillernden bis übersinnlichen Botschaften versehen.

»Eine faszinierende Bilanz, da fragt man sich, wie prominent muss man sein, um prominent zu sein. Offensichtlich gedeihen durch Üben und Beharrlichkeit die bescheidensten Pflänzchen«, versucht sich Annika mit feinspürigen Worten, »durch Selbstüberschätzung und Größenwahn zerfallen sogar die größten. Träume sind der beste Beweis dafür, dass wir nicht so eng in unserer Haut verhaftet sind, als dass sie nicht nach außen dringen könnten.«

Morgana, die zu begreifen scheint, dass sie einige Sprossen der Beliebtheitsskala durchtreten hat, besinnt sich darauf, die anstehenden Dreharbeiten nach draußen zu verlegen, bestmöglich bei Nacht und Nebel, mit viel Mystik und noch mehr Quantenfluktuationen, falls der Himmel dann überhaupt mitspielt und sich das Libretto nicht grundlegend zum Kosmos hin öffnet.

Das Wetter lässt sich nicht gängeln, man muss es nehmen, wie es kommt, die Improvisation ist die höchste aller Künste, würde man alles so vorfinden, wie man es sich vorgestellt hat, gäbe es kein Fortkommen, wir hätten nichts worüber wir uns beklagen müssten und noch weniger, womit wir uns übertreffen könnten. Die Faszination ist die Art der Beleuchtung, mit der der Künstler sein Talent schärft und seine Erfolge erzielt.«

»Zu viel des Guten ist auch eine Form der Heuchelei«, amüsiert sich Morgana, »der Stoff, aus dem die Menschen gemacht sind, ist nicht der Vorhang in einem Theater, weder aus Seide gewebt, noch durch den Applaus gestärkt, er ist das, worin die Enttäuschungen bestehen, die Niederschläge und Knockouts. Da nützt es dann auch sehr wenig, auf das Publikum Rücksicht zu nehmen. Auf Dauer besehen zählt nur das Andersgeartete, die schnöde Lust am Experiment. Wollte man den Sinnesgenuss zur Perfektion erheben, muss er schon von Abscheu und Ekel gesegnet sei.«

»Für jedes Problem gibt es zwei Lösungen, die einfache und die verkehrte«, wehre ich mich, ihre Vorschläge ernst zu nehmen. »Wer über gewisse Dinge nicht den Verstand verliert, hat nichts zu verlieren oder er behält sich das Recht vor, sich so viel Scherereien zu bereiten, bis er ihm gefällt. Aber wie gesagt, die größten Schminkmeister ergehen sich im Filmgeschäft, sie haben stets das Welttheater vor Augen, sie sind die Pragmatiker im Aussehen einer angepassten Wirklichkeit, mal beschließen sie, mit der Allmacht des Herrn zu denken, mal mit der Einfalt des Teufels ihre Spielsteine zu setzen.«

Aber das sollte nicht das Thema des Tages sein, inzwischen ist es Annika, die sich dem Pfänderspiel der Luft aussetzt und tiefe bis unerschütterlichste Einblicke gewährt, zuweilen bin ich es gewohnt, dass Sie auf mannigfache Art ihre Talente verteilt, derweil mir diese am liebsten sind und bei Weitem auch alles übertreffen. Jedenfalls wäre ich bereit, alles in Erwägung zu ziehen. Vielleicht ist es aber auch das Gebaren ihrer saumseligen Beine, der stille Wunsch, dem Rieseln der Zeit Einhalt zu gebieten, sich selbst zu entfesseln, um für eine Weile unbegrenzt zu sein, sich aufnehmen zu lassen von den Segeln des Windes, ziellos dahintreibend, einfach so, um zu sehen, dass es noch Flügel gibt, die mich tragen können.

Während wir so mit tausend Ahnungen und Vorgefühlen behaftet den Park durchstreifen, sehen wir uns plötzlich jener alten Dame gegenüber, die vor kurzem den Altar mit frischen Blumen schmückte; wobei mir damals wie heute der Eindruck nicht erspart bleibt, dass sie ihre Umgebung nicht zur Kenntnis nimmt. Eher schon bleibt mir das Gefühl, dass die Welt sie ausgeladen hat, auch wenn ich nicht ausschließen möchte, dass ihre Befindlichkeit sich in einem Labyrinth innerer Ausweglosigkeiten zu Tode rennt, jeden Tag und immer wieder neu.

Aber wie ich mir diese Tatsache auch erschließen möchte, gleichsam verraten mir ihre farblosen Augen, dass der Himmel sich ihrem Gedächtnis angenommen hat, und dass es schier unmöglich wäre, ihr irgendwelche Zeilen der Erinnerung zu entlocken.

Also belasse ich es bei meiner Vermutung und ergebe mich meiner Intuition. Alles, was ich erfahren würde, wäre weder hilfreich noch befriedigend, schon gar nicht tröstlich.

Und so beschließen wir, den anberaumten Tag an die Schönheit der Natur weiterzureichen. Schon nach kurzer Zeit sehen wir uns derart tief in die Schuhe gestellt, dass uns die Glut aus dem Innern der Erde entgegenwächst und unsere Körper in Flammen legt, zuweilen mit der unbändigen Empfindsamkeit, den Wahnsinn der letzten Tage aus unseren Gliedern zu tanzen zu müssen.

Alsdann ist es der Wind, der uns an die Hand nimmt und die Richtung beschließt. Dass wir hierbei die Rollbahn streifen, führt uns zu der Idee, das ungenutzte Brachland wieder an den Wald zurückzugeben. Trauriger als Ruinen sind die Erinnerungen, die wir damit verbinden. Außerdem werden die Dachse und Füchse mit einem Male wissen, wo sie hingehören.

Es ist der Moment, da wir unser beider Seelen an eine Kolonie kreischender Raben verschenken, jene provokante Gesellschaft, die ihre Ängste zänkisch auslebt und mit artistischen Sprüngen genau die Plätze anstrebt die ein anderer gerade besetzt hält. Offensichtlich scheint es das Refugium unseres Gewissens zu sein, dass niemand für sich alleine denkt, dass wir jeden Punkt gemeinsam abhandeln oder wie soeben geschehen, wieder gegen den Himmel eintauschen.

»Ich denke, wir haben einen guten Weg beschritten«, übernimmt Annika, »wenn es nur vorwärts geht, und wir nicht in den Annalen der Geschichte stecken bleiben, haben wir das Ziel des heutigen Tages schon erreicht.«

Als wir hiernach den angrenzenden Forst durchstöbern, eine Rotte quietschender Wildschweine unseren Pfad kreuzt, steuert Annika schnurstracks einen der Hochstände an. Das, was die Sprossen der Leiter nicht hergeben, gelingt ihr mit beherzter Eleganz und langen übersinnlichen Beinen, mit einer Figürlichkeit, die an Grazie und Schönheit kaum zu überbieten ist.

Und es ist nicht nur die Hitze des Tages die mein Gemüt in Wallung versetzt, es ist das Begehren, mich in jeder Hinsicht um sie verdient zu machen. Womöglich gehört zu den abenteuerlichen Verpflichtungen des Lebens, sich Gefälligkeiten zu unterwerfen, die über jeden denkbaren Absturz erhaben sind. Jedenfalls gelingt es mir mit waghalsigen Klimmzügen ihrem lasziven Aufstieg hinterher zu eilen, letztendlich um unvermittelt und wie zur Glorie angehalten Annika in meine Arme zu schließen.

Ein wenig verlegen stellt sie ihren göttlich gemeißelten Körper ins Licht der Sonne und genießt den Triumph, oben angekommen zu sein. Zuweilen sind es die unbezwingbaren Wellen der Lust, die mich erfassen und ins Nirwana meiner Sinne abgleiten lassen, augenblicklich mit Schwingen tiefgründiger Beseeltheit und einem Raunen, das dem Blätterdach die luftige Zusage erteilt, sie bis auf die Haut hin zu entkleiden, derweil ihre weißzarten Brüste mein Verlangen aufsprengen und zur Folgsamkeit nimmermüder Küsse werden.

Hiernach ist es Apoll der sich unser annimmt und mit orgiastischer Urgewalt jeden Millimeter Bereitwilligkeit unseres Körpers erfasst, sich zwischen ihren geöffneten Schenkeln versteift und mit donnernder Wucht unser beider Begehrlichkeit ins Ungestüme anwachsen lässt, indes Himmel und Hölle die Geysire zünden und den Schrei schierer Wollust unverhallt an die Götter weiterreichen.

Sicherlich ist es auch das Begehren, der Ewigkeit ein Stückchen näher zu rücken, die erhöhte Bereitschaft, dem Rausch der Sinne zur Ekstase zu verhelfen. Und es ist die feuchte Süße ihrer Haut, die mich der Andacht unterwirft, auch die geheimsten Verstecke ihres Selbst auszuleuchten, in einem Augenblick turmhoher Liebe, gleich jemandem, der die Seele zu annektieren trachtet, ohne sich dagegen erwehren zu können.

Natürlich könnte es auch die Angst sein, dass das, was unseren Körper zuweilen aufflammen lässt, irgendwann wieder verglimmen würde, aber nicht heute und nicht jetzt. Irgendwann vielleicht, wenn die Seelen wieder mit sich selbst unterwegs sind und der Mund die Worte sprengt, die zurzeit noch unser beider Atem erschließen.

Alles das könnte passieren, nur nicht jetzt und solange wir uns in Liebe und Zuneigung auffüllen. Nicht jetzt und schon gar nicht, um irgendwelche Tränen darin zu entzünden.

»Bevor wir Eintrittskarten verteilen, sollten wir dazu übergehen, uns anzukleiden«, gibt sich Annika geläutert, »die Geräusche, die der Wald zuweilen einfängt, haben alles andere gemein als taube Ohren. Überdies ist der Hochaltar nicht so stabil gesegnet, als dass er uns noch länger halten könnte. Das Glück gleicht an Höhe aus, was wir an Tiefe gewinnen. Insofern sollten wir hoffnungsfroh sein, ein Podest erklommen zu haben, das zwar bessere Zeiten durchlebt hat, aber diese war die unsere und gewiss die abenteuerlichste.«

Hand in Hand und von luftigen Böen getragen reisen wir den wirbelnden Blättern hinterher. Inzwischen ist es dann der matte Schimmer stiller Kirchenbeleuchtung der uns umfängt und so dastehen lässt, als hätten wir uns den Cherubinen angeschlossen. Dabei ist es nur der Sturm des nahenden Gewitters, der sich unserer Kleidung angenommen hat, unsere Haare aufflammen lässt, und zuweilen das Gefühl überbringt, wir kämen zur rechten Zeit, um dem Tanz der Dämonen und Schimären beizuwohnen.

Aber was der Himmel noch so alles in seinen Wolken spazieren führt, das Lied, das ich der Orgel zu entlocken trachte, entspringt einer nie zuvor gekannten Wirklichkeit. Und so entschließe ich mich, den Manualen meine Finger zu leihen, improvisiere, was die Fantasie hergibt, mit ungestümen Bässen und leidensgeplagten Panflöten, derweil Blitz und Donner fürs Erste jedes Fortkommen hintertreiben und den Blick ins Helle verweigern. Kaum eine Sequenz, die nicht den Saum der Finsternis berührt und den Wohnort der Hölle beschwört. Und als würde der Wind die Vorsehung mittragen, stößt er eines der Fester auf, wirbelt die Seiten des Gebetsbuches durcheinander und verschickt zu unserer Überraschung das Bildnis eines Wehrmachtsoffiziers.

»Mein allgemeiner Rat«, gibt Annika ihre Verwunderung bekannt, »es gibt nichts, was es nicht gibt.«

Wiegt mit ihren Hüften die Möglichkeit aus, dass man mit netten Bildchen vortäuschen könne, wer künftig zum Schafott geführt wird. »Konkret vermessen, mir spukt der Verdacht, dass die Keimzelle allen Übels ein gottverbrämter Engel ist, mit der Botschaft im Nacken, das Böse dieser Welt unter die Guillotine zu bringen, indes der Henker kein geringerer zu sein scheint als Morgana van Borg. Wie anders ließen sich ihre detaillierten Kenntnisse aus dem, was damals geschah, erklären.«

»Zumindest sollten wir das Foto noch einmal einer genauen Prüfung unterziehen. Auf den ersten Blick handelt es sich um einen Ausschnitt, wobei auch eine Schere Pate gestanden haben könnte«, strapaziere ich meine Hirnwaben, »trotzdem wird es schwer werden, nach so langer Zeit eine korrekte Identifizierung vorzunehmen, es sei, wir würden Anton befragen, er vermag, um fünf Ecken zu denken, natürlich im Benehmen der ihm zugewandten Geister. Was wir jedoch festhalten können, ist die Wahrscheinlichkeit, dass wir den Seminarleiter in die Gefahrenzone mit einbeziehen sollten,. Der menschliche Geist hat eine fatale Neigung zu überspannten Reaktionen und Demütigungen.«

»Falls ich es vergessen sollte, Morgana van Borg war keineswegs überrascht, als ich ihr den gepolsterten Bauch präsentierte«, begibt sich Annika in die Offensive, »Zustimmung ist wohl auch eine Form der Ablehnung, eigentlich hätte ich irgendwelche Regungen erwartet, offenkundig aber beschränkt sich die Akte ihres Traumas auf die Enthüllung der Täterschaft und die Frage, wie kann ich sie vernichten, ohne persönlich daran beteiligt zu sein? Zumindest bedauert sie nichts von dem, was sie bisher verbrochen hat. Wie es scheint, beklagt sie mehr denn je, dass noch einige Klienten zur Abrechnung anstehen.«

So plötzlich sich das Gewitter angekündigt hat, so schnell zieht es wieder über uns hinweg. Zuweilen gelingt es uns sogar, das Schloss trockenen Fußes zu erreichen, indes Salvatore und Anton in trauter Gemeinsamkeit sich einen heißen Kakao genehmigen, wie es sich gehört, natürlich mit Sahnehäubchen und ein paar Keksen. Sicherlich wäre es angebracht, sie mit einer genehmeren Nachricht zu überraschen, zumal unser Outfit nicht so bestellt ist, als hätten wir nichts Positives zu vermelden.

»Man kann niemanden aus seiner Verantwortung entlassen, aber man sollte dazu beitragen, die Tatbesessenen von ihren Verpflichtungen abzuhalten«, kommentiert Salvatore unsere Schilderungen. »Als Erstes würde ich der gespenstischen Rosenkavaliersdame die Gelegenheit zunichte machen, den Altartisch mit Blumengebinden und einer höchst bizarren Zettelwirtschaft zu entfremden. Überdies sollten wir darüber nachdenken, inwieweit wir dem Frevel entgegenwirken könnten, die geweihten Bänke weiterhin dem Sitzfleisch der künftigen Bankiers und Industriebosse zu überlassen.«

»Wenn wir nicht wollen, dass die Zeit uns überrennt«, fühlt sich Annika berufen, ihren Standpunkt kundzutun, »sollten wir alsbald zur Tat schreiten. Ein Vorhängeschloss wäre bereits die erste Maßnahme. Außerdem müssten wir Morganas seelische Abhängigkeit zu ihrem unmittelbaren

Geständnis machen und bisweilen darauf hoffen, dass sie ihren Gesichtskreis um 180 Grad dreht, und dass der Zirkel, der sie einwickelt, keine geometrische Figur ist, sondern die Sprache ihres höchst persönlichen Gewissens.«

»Jedenfalls hätten wir zu wenig bedacht, würden wir nur nach dem Ausgang der Geschichte schielen«, kommentiere ich meine Meinung, »was immer wir also veranlassen werden, es ist allemal besser, im Sturm die Segel zu verlieren, als im Hafen Schiffbruch zu erleiden.«

»Falls du mit deinen Denkübungen das Täterprofil einer Schwarzen Witwe skizzieren möchtest«, ermittelt Annika, »würde ich dir zustimmen, bei ihr regiert der Zufall und, was der Himmel verhindern möge, irgendwann auch der Irrtum. Die Delinquenten des Sexualverbrechens werden angewiesen, sich selbst zu enttarnen, wenn möglich durch ihre eigenen Gewissensnöte oder die Angst, vor der Öffentlichkeit bloßgestellt zu werden. Der Köder ist denkbar einfach, sie produziert einen Film, in dem sie das Geschehen von damals aufgreift, stilisiert die Vergewaltigungen mit den entsprechenden Details und erhofft sich im Sinne der Anklage, dass das Netz genügend Anreize enthält, die Täterschaft damit einfangen zu können.«

»Bis dahin lässt sich das Ganze noch einigermaßen nachvollziehen, aber woher weiß sie so genau, was damals geschah«, schließt Salvatore auf, »irgendwer muss ihr die Ereignisse vor Augen geführt haben, fortwährend und immer wieder, zuweilen mit der perfektionierten Abartigkeit eines Computers. Es gibt eine Theorie, die besagt, wenn du nicht mehr Herr deiner Sinne bist, hat ein fremdartiger Geist von dir Besitz ergriffen, du bist ferngesteuert oder stehst unter Zwang, etwas Unbegreifliches zu tun.«

Kapitel 10

»Die Probleme von heute haben der Engstirnigkeit von gestern nie heilsam entgegengewirkt«, stellt sich Anton seiner Nervosität, »irgendwer steht immer im Weg, beherrscht den Mittelpunkt oder ist nirgends zu finden.«

Eigentlich hätte er damit die wesentlichen Punkte, seines Unmutes kundgetan, und was nicht der kläglichen Welt zuzurechnen ist, wird es spätestens in den Händen des Weddingplaners, falls dieser mal gerade nicht die Leere des Seins umarmt oder in den ekstatischen Zustand verfällt, sich Cherubinen Flügel anzuhängen. Dass er damit den Neid der schlossinternen Gespenster auf sich ziehen könnte, ist noch der geringste seiner Fauxpas.

»Begabung oder Berufung«, morst er Salvatore an, »wie man es nennen möchte, augenblicklich steht der Designer göttlichen Couleurs unter Verdacht, dem bischöflichen Zinnober rückhaltlos verpflichtet zu sein, und was sich nicht mit der Farbe Rot erklären lässt, erschließt sich in der blühenden Idee, Mohnfelder der Liebe auszuwerfen.«

Sicherlich ist es kein Geheimnis, dass der werte Kollege jedes noch so exzentrische Ufer bereist, und dass es jedem zum Trost gereichen dürfte, irgendwann schon einmal Hässlicheres gesehen zu haben. Der Zauber fällt also eindeutig an den, der mit dem Herzen sieht und für das Wesentliche seine Augen verschließt.

»Wir haben die Ungewissheit eingeplant und das Abenteuer hinzugewonnen«, übernimmt Annika die Verteilung der Stilblüten, »nun sollten wir uns nicht wundern, wenn das

Schicksal uns an die Hand nimmt und die Fanfaren bestimmt, die wir zu blasen haben.«

»Sich finden und lieben lernen ist kein Garant für ein Wunschkonzert, aber es ist der erste Schritt in die richtige Richtung«, schmiege ich mich an Annikas Gedanken. »Jene, die bislang glaubten, sie hätten im Leben alles geplant, haben oftmals alles versäumt. Um also ein besserer Gesellschafter zu sein, sollten wir der jungfräulich gepriesenen Stunde unsere Mitwirkung anbieten und dem anstehenden Gelübde unsere innere Bereitschaft, Gleiches zu tun, nicht vorenthalten. Es gehört zu den aufregendsten mathematischen Übungen, Bewunderung und Neid durch einen gemeinsamen Nenner zu teilen.«

»Wenn das keine Orakelsprüche sind, hast du mir soeben einen Antrag gemacht«, erwidert Annika, »ich hoffe, du weißt, was du sagst. Frauen sind gefräßiger als Dinosaurier, sie wollen von ihrem Partner mehr als nur die Ehe, sie möchten von ihm die ganze Welt. Wenn du das bei deinen Überlegungen bedacht hast, bin ich dabei. Des Weiteren solltest du bedenken, dass Zweisamkeit auch eine Art Einsamkeit ist, jedenfalls vorerst und solange sich keine neuerlichen Konstellationen hinzugesellen und das Sternbild des Himmels seine Trabanten noch stillschweigend hütet.«

»Den Versprechungen kann man entkommen, der Mode jedoch nicht«, stellt sich Salvatore der Begutachtung, »kaum hat sie sich verabschiedet, ist sie schon wieder im Trend. Wie sagt man so schön, die Larven von gestern sind die Motten von morgen.«

»Du begreifst schnell, wenn es darum geht, sich vom Tross der Gäste abzuheben«, amüsiert sich Anton, nimmt seine bunten Rockschöße in Augenschein und verwettet sein spärlich gesätes Haupt, dass das Outfit, sich als Biene Maja zu präsentieren, zwar seinem Kinderbuchnaturell entspräche, aber kaum dazu angetan wäre, ernst genommen zu werden.

Beschwichtigt dann allerdings, dass man im Glauben, alles richtig zu machen, trotzdem falsch liegen könnte.

»Die weniger Begabten haben den Kreativen schon immer ihren aufmüpfigen Charakter vorgeworfen«, zeigt sich Salvatore bemüht, seine Kreation zu rechtfertigen und führt aus, dass jene, die sich in der Praxis nicht auskennen, auch in der Theorie nichts bewegen. »Wahre Liebe«, zeigt er sich überzeugt, »bemisst sich in der Toleranz, seinen Partner nach besten Kräften von seiner konservativen Einstellung zu befreien.«

»Nun, da ihr wisst, was ihr voneinander zu halten habt«, interpretiert Annika, »könnt ihr dazu überwechseln, euch mit Komplimenten zu überschütten. Es gibt nicht viele Dinge, die einen Menschen vom Rindvieh unterscheiden, eines davon besteht in der Schicklichkeit, alte Geschichten nicht ständig wiederzukäuen.«

Und als wäre Lärm allemal besser, als mit Haarspaltereien die Köpfe zu ondulieren, suche ich kurz entschlossen die Pianotasten auf, pflüge mich durch die Welt der Zwölftonmusik und genieße es, wie sich Moses und Aron friedlich und possierlich umarmen. Gewiss sind es nicht die Grünflächen der Musik, die der horrenden Crew der Bediensteten zu Ohren kommen, eher schon die dürre Pracht von Dornenhecken, oder wie Annika es zu deuten pflegt, die zornige Bereitschaft des Himmels, jeden in die Wüste zu schicken, der nicht willens ist, Buße zu tun.

Es gibt viele Wege, der Verantwortung zu entkommen, einer davon positioniert sich in der barocken Gestalt Benediktus, der die morgige Vermählung durchführen wird. Den anderen bewirkt Morgana, die mir zuflüstert, sie hätte zwei niedliche Fohlen als Überraschung in die Stallungen verfrachtet.

Während nun die beiden Aspiranten des Olymps sich in den Lichtkegel der Offenbarung begeben und Bruder Benediktus ihren Plausch anbieten, nehme ich die Gelegenheit wahr, gemeinsam mit Annika Morganas Geschenk zu begutachten.

Wie von der Nacht an die Hand genommen, sollte dieser Tag dann auch sein Ende finden. Für Anton und Salvatore allerdings nicht ohne die Bereitschaft zu einem abschließenden Gebet und für Benediktus die Gelegenheit, die Kapelle näher kennenzulernen und für den kommenden Tag zu segnen.

Der nächste Morgen ergeht sich in den weihrauchtiefen Lüften der festlich geschmückten Kapelle, und was sich nicht im Gebet erschließt, gelingt dem chaotischen Chor der Nachtigallen, respektive der bundschillernden Travestiegemeinde.

»Jetzt, da wir die Räume zu einer neuen Wirklichkeit aufgestoßen haben, wollen wir zu den Motiven unseres Hierseins vordringen«, schüttelt sich Pater Benediktus durch das Dornennest seines Hauptes, »hat man erst einmal seine Schritte darin untergebracht, wird man allzeit damit verwöhnt werden«, versichert, dass man von nun an zum Eigentümer seines Selbst würde, mit Tatsachen die sich nicht mehr verdrehen ließen und mit Treueschwüren, die höher stürmen als die Himmelsleiter Jakobs. »Es ist die Welt im Worte Gottes, seiner Gnade und Herrlichkeit, und es ist die Zeit, da wir der Reinheit des Denkens wieder etwas mehr Talent beimessen sollten. Das Gescheite liegt in den Dingen, die wir spontan angehen, die uns fordern und formen. Selten waren wir der Allmacht des Herrn näher als am heutigen Tag. Er ist die Idee zu der Erscheinung Mensch, der individuelle Zuschnitt unseres Wesens und allen Seins, er ist die Summe allen Wissens, bestehend aus dem, was wir gelernt und vergessen haben, die Unverbindlichkeit des Schweigens und alles das, woran wir unsere Mitschuld tragen.«

Erteilt der Gemeinde seinen Segen und ist voller Zuversicht, dass die heutige Vermählung dazu beiträgt, sich mit neuen Erkenntnissen zu schmücken. Schlägt das Buch der Bibel auf und gibt sich der Interpretation hin, dass uns seine Worte fremd geworden sind und dass wir das Lesen erst wieder lernen müssen, dessen Text wir zwar kennen, der aber durch Ungewissheit und Zaudern immer wieder von der Zunge springt.

»Schauen wir nur durch das Fenster unserer Seele«, weissagt der Gottesmann, »sie ist voll göttlicher Eingebung, jenem Bewusstsein, das unsere Lebenslinien kennt und sich selbst zeichnet, das in Kolorit und Farbe alles das bemisst, was das Dasein an uns zu verschenken trachtet. Die Erfüllung der Liebe besteht darin, dass jeder seine Richtung gehen kann, ohne sich dabei aus den Augen zu verlieren. Der Partner fordert nicht den Besitz des anderen, er verspricht ihm die Freiheit.«

Bittet die anwesenden Gäste, sich von den Plätzen zu erheben, um mit ihm das Vaterunser zu sprechen.

Inzwischen liegt es dann an mir, der eingeschüchterten Gesellschaft mit dem Choral Großer Gott wir loben dich zu einem besseren Wohnsitz zu verhelfen, stelle mich der Segnung blendweißer Tastaturen, vertraue mit himmlisch verzierten Akkorden dem einfallenden Licht meine eiskalten Finger an, jedenfalls bis zu dem Moment, da Salvatore bitterliche Tränen an den Himmel verschickt und die leidgeprüften Artgenossen genauso rücksichtsvoll wie zuverlässig Gleiches in die Waagschale legen. Dass hierbei Text und Musik auf der Stecke bleiben oder dem Geschehen angepasst auch ins Wasser fallen, ist gottgewollt und nicht der Peinlichkeit zugedacht.

Als dann jedoch die beiden Hundewelpen den sichtlich bewegten Gästen ihre Unterstützung anbieten und dem allgemeinen Gejammer ihr Gejaule hinzufügen, verliert der

Pater ein wenig die Kontenance; führt sein Alter an und meint, dass er Jahre damit verbracht hätte, mit Überraschungen fertig zu werden, zum Glück aber sei nie etwas Gravierendes passiert. Am Ende, stehe wie gewohnt, die Seligpreisung des Herrn und die Gewissheit eines frischvermählten Paares.

Dass ihm die Trauung dennoch ein paar Nebensätze wert ist, formuliert er in den Worten, dass dieser Tag nicht der Alltäglichkeit zuzuschreiben wäre, und dass die gleichgeschlechtliche Ehe eine Premiere sei, ein Novität auf Abwegen.

Aber wer das Bewahrenswerte erhalten möchte, muss verändern, was der Erneuerung bedarf. Insofern wird auch dieses Ereignis die Geschichte überdauern, selbst über den Zeitraum, da die Handelnden ihr Zepter bereits im Jenseits abgegeben haben. Bittet die Herrschaften zur Kommunion und weist darauf hin, dass das Haus bestellt sei und die hinderlichen Gerüste sich längst ihrer Aufgabe entzogen hätten.

Eigentlich dürfte dies der Zeitpunkt sein, da ich mich zu einer freien Improvisation entschließen sollte, zumal Leica und Aron dem Abendmahl knurrend gegenüberstehen und nicht so ausschauen, als wollten sie sich damit zufriedengeben. Einigermaßen erstaunt bin ich allerdings, dass ich urplötzlich der Melodie verfalle, die mir damals schon hätte fremd sein müssen. Offenkundig aber braucht jedes Gespenst einen Untertan, einen Adjutanten, der sich erinnert, ohne danach suchen zu müssen.

»Gepriesen sei der Zufall«, flüstert Morgana über die Brüstung der Empore, »der wahre Fortschritt besteht in der Auffrischung des Geistes. Er wird von Eingebungen und Illusionen gleichermaßen beseelt. Die große Liebe ist mit den Spukgestalten per Du, alle bewundern sie, aber niemand hat sie bisher gesehen.«

Was immer mir ihre Worte sagen wollen, sie entbehren jeder Notwendigkeit und kommen wie so oft im unpassenden Moment. Zumindest gelingt es ihr, dass die Tastatur mit einem Male mehr Töne transportiert, als es den Fingern guttut, geschweige meinem Gehör. Doch was dem Pfarrer nicht zu Ohren kommt sollte die Gemeinde nicht sonderlich stören. Augenblicklich sind es dann die Ringe, die zur Bewunderung anstehen, der einvernehmliche Kuss und das Gelübde, sich bis zur Abberufung des Herrn, Treue zu schwören, natürlich in stillem Gedenken und den lauteren Klängen: So nimmt denn meine Hände und führe mich ewiglich.

Draußen vor der Kapelle hat sich inzwischen die fechtende Zunft eingefunden, um dem frischvermählten Paar Spalier zu gewähren, wie zu erwarten, mit gekreuzten Klingen und einem donnernden Hurra. Zur weiteren Überraschung sei gesagt, dass Morgana neben dieser eindrucksvollen Vorführung, zwei entzückende Fohlen aus dem Ärmel schüttelt und damit den Neid aller auf sich zieht. Nun muss man nicht betonen, dass sich Annika unter ihnen einreiht und der Vermutung Vorschub leistet, sich persönlich um ihre Aufzucht zu bemühen.

»In der Jugend bekennt man sich zu den Wünschen, denen man im Laufe des Lebens hinterherläuft«, amüsiert sich Morgana. »Wenn Frauen nicht bekommen, was sie wollen, ziehen sie sich aus oder heiraten den Partner, der ihnen genau das verspricht. Vor allem aber sollte man nicht lange fackeln, der Hirnkasten zündet schneller, als das Bewusstsein wahrhaben will, vor allem wenn man sich dazu bekannt hat, das Gewissen auszuschalten.«

Was immer Morgana damit ausdrücken möchte, bisweilen erfüllt sie jedes Kriterium der Großzügigkeit. Erst als sie uns mit dem Züchter der beiden Füllen bekannt macht und wir zur Kenntnis nehmen, dass es sich um das Gestüt eines Großgrundbesitzers handelt, begreifen wir, dass sie ihren gewohnten Trip fährt und sich womöglich zu einer neuerlichen Liaison entschlossen hat.

»Es gibt keine größere Illusion«, flüstert Annika hinter vorgehaltener Hand, »als den Glauben, Morgana hätte aus den vergangenen Episoden gelernt und ihren Körper gegen ihre fünf Sinne eingetauscht. Offenkundig aber ist für sie der Geschlechtsakt in die Bedeutungslosigkeit eines Streichelzoos abgerutscht.«

»Liebe auf den ersten Blick ist die Entschuldigung dafür, sich vernachlässigt zu fühlen, vielleicht aber auch die Ungeduld, etwas versäumt zu haben«, versuche ich es mit einer Antwort. »Das Einzige, was wir dabei tun können, ist, derartige Verfehlungen auf sich beruhen zu lassen. Entweder schaut man großzügig darüber hinweg oder hört gar nicht erst hin. Wir können die Waffen einer Frau nicht aus der Welt schaffen. Belassen wir also den heutigen Tag im Schupperbereich seiner Duftwässerchen, die Luft wird voll davon sein.«

Eigentlich wären damit die nächsten Stunden eingeläutet. Und was sich mit Takt und Höflichkeit nicht klären lässt, wird sich auch ansonsten nicht einstellen, falls dann überhaupt jemand bereit wäre, sich daran zu halten.

Inzwischen sind es die Musiker des Streichquartetts, die uns, nebst einer barocken Schar von Tunten und Tanten entgegenwinken, wenn sie mal gerade nicht damit beschäftigt sind, den Reigen für das Gratulationspaar zu zelebrieren oder, wie sich Annika auszudrücken pflegt, im Eingangsrund der Tempelhalle zum Squaredance auflaufen und so tun als hätten sie den Fortschritt in ihre Füße verlegt. Die Möglichkeit, dass es zu Verwechslungen mit dem Ballett der hiesigen Oper kommen könnte, ergibt sich rein zufällig, auch wenn ich nicht verhehlen möchte, dass die anwesende Gesellschaft mehr Miniröcke als Mädchenbeine zu veräußern hat, indes der Boden, über dem sie schweben, zuweilen kälter ist als

Eis, jedenfalls solange sie sich nicht dazu hinreißen lassen, ihre Honneurs mit gefälligem Knicks zu präsentieren.

Die Vielfalt der Gene war selten so üppig verteilt wie heute, deportiere ich meine Gedanken in die Klarsichthülle, auch wenn das fragliche Genom, das diese Ambivalenzen ausstreut, vermutlich noch nicht hinreichend entschlüsselt ist, und der sogenannte biologische Zwang keine Verbote leistet, sondern pure Sinneslust.

»Ich denke, du wärst besser aufgehoben, wenn du diesen Tag nicht als philosophisches Exerzitium betrachtest«, ermittelt Annika meine Gedanken, »Charme ist die Art, für alles eine Antwort parat zu haben, ob sie einem passt oder nicht.«

Einstweilen ist dann der Moment angesagt, den Kreis der Kreise zu begrüßen und die segensreiche Trauung noch einmal in Erinnerung zu rufen, wobei Pater Benediktus seine guten Wünsche anschließt und zu der bemerkenswerten Feststellung gelangt, dass das Leben über Strukturen verfügt, die uns alle Freiheiten ermöglichen bis hin zu der Fähigkeit, sich selbst zu gestalten und zu verantworten.

Wer nun erwartet hätte, die Reden seien damit beendet, sieht sich in das Parterre seines Tiefgangs versetzt und wähnt sich in der Ungeduld, den selbst ernannten Zirkus mit Clownerien und Kunststückchen zu bereichern. Dabei würde schon der Anblick jener buntgefiederten Paradiesvögel genügen, seine Verwunderung unterzubringen. Nichtsdestoweniger, was sich nicht rechnen lässt, multipliziert sich zugunsten derer, die der Mehrheit zuzurechnen sind und sich bislang nicht entscheiden konnten, auf welcher Seite sie stehen.

So geschieht es, dass der himmlisch bestellte Kader zunehmend an Fahrt gewinnt, die schlipsverwöhnten Zöglinge des Mammons sich dem Lotteriespiel unterwerfen wer könnte mit wem, und die so genannten Normalos, denen jede Erkenntnis abhanden gekommen ist und die darüber nachdenken, was ihnen so alles entgangen ist oder auch über die Zeit verwehrt blieb.

Offensichtlich gibt es kein probates Mittel gegen Naivität und Arglosigkeit, es sei man überspringt seinen Schatten, entzieht sich für einen Moment dem Diktat jeglicher Scham, jedenfalls solange einem nicht die Röte im Gesicht steigt und das Gewissen keine Handschellen anlegt.

Also flirtet jeder mit jedem, die Richtigen mit den Falschen und die Spießbürger mit den Schönlingen. Bisweilen findet sich alles in allem wieder, die Prinzipien im Fluch der Logik und die Moral in der Rebellion der Hormone, die E-goisten im Spiegelbild ihres Selbst und der bedauerlichen Tatsache, dass sie damit nicht nur ihre Einfältigkeit unter Beweis stellen, sondern auch ihren schlechten Geschmack.

Kapitel 11

Die nächsten Wochen, wollte ich sie ins Licht der Erkenntnis stellen, gehen eindeutig an die Erprobung der Oper Moses und Aron. Eigentlich wäre damit schon alles gesagt; kaum ein Werk, das sich derart mitleidslos präsentiert und sich dem gesegneten Prinzip unterwirft, es mit ungewöhnlichem Fleiß und stillen Gebeten zu bestreiten.

Dennoch ist das musikantische Genie Arnold Schönberg kein päpstlicher Gesandter, vielmehr der leidgeprüfte Visionär des Klangs und der Geräuschkulisse, mit dem heiligen Anrecht, Chor und Orchester in den Urknall der Töne zurückzuversetzen.

Zweifellos gehört es zu seinen Verdiensten, den evolutionären Prozess der Zwölftonmusik an die Ohren des Publikums zu bringen, wenngleich die Gesellschaft der langen Roben und abstinenten Geduldsproben sich schwertun dürften, den musikalischen Infiltrationen zu folgen. Die Eitelkeit ist eine Ware, die so manch schöngeistiger Kost standhalten muss, Hauptsache man hat nichts unversucht gelassen, der Kunst zu gefallen, man wird gesehen und bestaunt.

Aber wer das Mögliche für sich in Anspruch nehmen will, kommt nicht umhin, das Unmögliche in Betracht zu ziehen, selbst auf den Kompromiss hin, dass die Bühne nichts nimmt, was sie nicht schon längst in Erfahrung gebracht hätte. Folglich ist dann auch der Weg ins Gelobte Land nur mehr eine Frage der Weltanschauung und nicht die Karte ins Jenseits. Falls die Interessenten nicht schon zu den Abonnenten zählen, die jeder Überforderung entgegenkommen und bereits damit zufrieden sind, wenn sie nur in einer der vordersten Reihen ihren Platz finden.

Dass Morgana van Borg sich dieser horrenden Inszenierung angenommen hat, ist nicht verwunderlich und dürfte angesichts ihres gepeinigten Innenlebens, ein voller Erfolg werden. Kaum ein geschichtliches Detail, das sich nicht in Blut ergießt und zum Opfertisch purer Lust wird. Und da das Libretto bereits vom Ursprung her Grausamkeiten eingeplant hat, wird die Regisseurin sich der Zielsetzung verschreiben, den frisch gebohnerten Altartisch in eine Hinrichtungsstätte zu verwandeln; wollte man zur Kostprobe schreiten, mit aufgeschlitzten Leibern und geköpften Köpfen.

Wie zu erwarten wird das Gemetzel dem Zorn Gottes standhalten müssen, die alten Götzen werden sich dem Chaos verpflichtet fühlen und dem goldenen Kalb ihren Tanz anbieten, zuweilen bis zur völligen Erschöpfung, in totaler Hingabe und Entmachtung. Moses wird die zehn Gebote zerschmettern und dem Zitat verfallen: O Wort, du Wort, das mir fehlt.

Wollte man den Journalisten Gehör verschaffen, gelingt es dann auch der Bühne, den Leichnam der Geschichte zu neuem Leben zu erwecken. Entsprechend nachhaltig und anhaltend die Ovationen des Publikums. Nie sah man ausgefeiltere Orgien und Exzessionen, ein Lehrstück über Lust und Laster, aber auch ein grandioses Beispiel für die Revolutionierung der Musiksprache. Dennoch scheinen die Kritikpunkte nicht gänzlich verhallen zu wollen, zumal die blasphemisch angehauchten Diktionen nicht unbedingt dazu beitrugen, noch an eine sinnstiftende Wahrheit zu glauben.

Dass es so manchem die Sprache verschlagen sollte, war gewiss eingeplant und wurde nur noch vom Unverständnis atonaler Hörgewohnheiten übertroffen. Dennoch gelang der Bühne eine beachtliche Wiederaufnahme der Oper Moses und Aron, die trotz aller Wirrnisse und Zügellosigkeiten, den

Gesamtüberblick über das Kunstwerk nie in Frage stellte. Das zur Höchstleitung aufgerufene Entstemple meisterte seine Parts mit bravourösem Schneid und gesanglicher Courage. Schließlich gewannen sie dann auch den Respekt des Publikums und vermochten, entgegen so manch dünkelhafter Prophezeiung trockenen Fußes an Land zu kommen.

Sicherlich wäre nun die Zeit angesagt, sich zurückzulehnen und die Läuse vergangener Tage, aus dem Kopf zu kratzen. Aber wie der Teufel es will, ist die Gunst der Stunde selten frei von Überraschungen. So geschieht es, dass das Journal, nebst Kritik, weitere Mitteilungen transportiert, unter anderem die Schlagzeile: Mörderische Schönheit im Aquarium. Gemeint ist ein Schwarm von Feuerfischen, die sich nur unwillig streicheln lassen.

Der Konflikt, so ist zu lesen, begann wohl damit, dass die Spezies angesichts der Enge des Beckens, ihr aggressives Potenzial ungehindert entfalten konnte. Zumindest reichte eine Berührung, um den betroffenen Aquarianer mit einer tödlichen Dosis ins Koma zu versetzen.

Bis dahin liest sich der Artikel noch wie ein schlecht aufgemachter Krimi. Als dann jedoch ein Großgrundbesitzer ins Gespräch kommt, der über ein Gestüt verfügt, dessen Pferde es zu weltmeisterlichen Ehren gebracht haben, regt sich in mir der Verdacht, einem Déjà-vu ausgesetzt zu sein. Jedenfalls gibt es bequemere Nachrichten als solche, die sich mit internem Wissen verknüpfen lassen und den Verdacht schüren, Morgana van Borg könnte einer Liaison verfallen sein, die nicht nur Fohlen verschenkt, sondern auch Fischbecken.

»Der Wundersamkeit sind keine Grenzen gesetzt«, vertraue ich mich Annika an, »bei soviel Begräbnis muss der Teufel mit an Bord sein, List und Tücke allein reichen nicht, um ein Meisterwerk zu kreieren. Und wer schon ist so verrückt, ein Fischbecken zu verschenken, in dem der Tod lauert?«

»Wie ich bereits erwähnte«, erwidert Annika, »die Mentalität der Schwarzen Witwe besticht nicht durch ihr Liebesspiel, sondern durch die Eleganz der Vernichtung. Die Hölle ist das, was übrig bleibt, wenn die Torheiten sich vermählen, wenn alle Lichter ausgehen und der Schnitter des Verderbens den Weg für das absolute Verbrechen freimacht.«

»Dennoch sollten wir das Unglück nicht teurer handeln als es schon ist, wer im Kummer leben möchte, hat das mit sich selbst auszumachen«, versuche ich einen Schlussstrich zu ziehen. »Zuhause ist, wo man hin gehört, ob man will oder nicht. Der Unverstand ist eine Bombe mit Zeitzünder, und wer wollte da schon in der Nähe sein. Außerdem könnte es uns passieren, dass wir im Nachhinein zu hören bekämen, wir hätten auf Tontauben geschossen und weiter nichts als Scherben hinterlassen.«

»Der Irrtum mancher Frauen liegt in der Inszenierung ihres Unglücks«, schließt sich Salvatore unserem Gespräch an, »wer glaubt, er könne sein Leben so einrichten, dass er niemals auf den Bauch fällt, kennt nicht die Macht des Schicksals. Inzwischen ist es längst nicht mehr die Frage, welche Tür für Morgana offen steht, sondern welche sie einrennt. Dennoch sollten wir uns mit Prognosen zurückhalten, die Vergangenheit lehrt uns, dass erstens immer alles anders kommt und zweitens als man denkt.«

»Die Wahrheit ist selten wahr«, versucht Anton es mit einer Metapher, »natürlich ist Morgana für uns ein zwiespältiges Wesen, aber nicht so vernichtend, dass wir die Freundschaft zu ihr aufkündigen sollten. Die Hoffnungslosigkeit ist eine vorweggenommene Niederlage, und wer möchte schon behaupten, er hätte alles gesehen und alles gehört?! Für mich lebt sie in einer scheinbaren Wirklichkeit. Wenn sie mal gerade nicht in den Staffagen ihrer Träume hängen geblieben ist, dann in einer Welt von Sprachlosigkeiten und pantomimischen Gebärdenspielen, mit Gesichtern, die jenseits geronnen sind, die alles verkörpern nur nicht sich selbst, nicht das Leben und nicht die Liebe.«

»Nun da wir wissen, dass wir nichts wissen«, steuert Annika bei, »sollten wir uns darauf konzentrieren, den heutigen Tag in die Wäsche zu bringen, er ist früh genug angesagt und dürfte spät enden.«

Fingert sich durch Salvatores Schminke und hält ihm entgegen, dass er den Hafen der Ehe dazu missbrauchen würde, den Rest seines albernen Daseins einzufärben, Schicht um Schicht und jeden Tag ein bisschen mehr.

»Es gibt kein Schicksal, das für sich alleine steht«, stelle ich meinen Eindruck zur Verfügung, »ein Mann der eine Frau ist, wird erst vollkommen sein, wenn er sich genauso irrt wie sie.« Komme auf die neuen Bediensteten zu sprechen, die Haus und Küche warm halten und zeige mich beeindruckt, dass sie gewiss jeder sommerlichen Schwüle standhalten, zumal sie ihre Dessous offen zur Schau stellen und mehr als köstliche Einblicke zutage fördern.

»Wenn man zwischen zwei Übeln wählen müsste«, zielt Salvatore auf den Kampf der Geschlechter ab, »entscheidet man sich für ein drittes, falls man sie nicht schon längst ausprobiert hat. Nehmen wir es also gelassen, Witz und gute Laune ist der Humus jeder Unterhaltung, lieber ein hoffnungsloser Romantiker als ein mausetoter Klassiker.«

»Die Belegschaft im Hause Lahnstein setzt sich somit aus mehreren Klassen zusammen«, suche ich meinen Humor auf, »die einen kümmern sich um die Mahlzeiten, die anderen um ihren Appetit. Und da es keine größere Enttäuschung gibt als einen leeren Magen, sollten wir uns von der Sorge befreien, wir hätten an alles gedacht nur nicht ans leibliche Wohl. Argwohn riecht den Braten, noch bevor das Schwein geschlachtet ist.«

»Wenn es den Rednern an Tiefgang fehlt«, schließt Annika auf, »entwickeln sie die besten Ideen. Früher haben die Frauen den Sieg über das männliche Geschlecht in der Küche gefeiert, heute bleibt ihnen keine Schmach erspart. Aber wie gesagt, ein kluges Weib kann einen Mann auch ohne Grund bewundern, manches Vergnügen besteht darin, dass man erst einmal probiert, bevor man sich verweigert.«

»Selig sind diejenigen, die ohne Vorurteile sind«, begrenze ich Annikas Vortrag, »die sich im Gebet erschließen und bei allem, was sie in Erwartung stellen, trotzdem schweigen.«

Zunächst ist es dann eine Schar aufgebrachter Spatzen, die unsere Ankunft besingt, die aufgeplusterte Luft, die unsere Sinne auffrischt und zur Prozession inner Glückseligkeit wird, bisweilen mit dem Duft heimischer Gewächse und Kräuter. Ein Wattebausch, der sich kandiszuckern über den fürstlich gedeckten Tisch legt, unseren Gaumen kitzelt und die designierte Lammkeule vorab schmecken lässt.

Und so sehr ich auch bereit wäre, dem Heiligen Geist für diese Eingebung zu danken; meine Zunge sieht sich zunächst einmal der Peinlichkeit gegenüber, das Mahl zu segnen.

Aber was dem Menü zugedacht ist, sollte Annika mit betörenden Einblicken ins Licht des Sehens rücken, mit hochgeschaukelten Brüsten und der lasziven Begierde, dass ihre Verführbarkeit für jedermanns Nachtisch gereichen dürfte.

Wären da nicht die Schwalben, die sich messerscharf um ihren Körper bemühten, würde ich behaupten, sie hätten sich in ihr Bildnis verguckt, jenes Antlitz, das dem irdischen Sein entflohen scheint, dorthin wo die Nähe sich verabschiedet und die Ferne auf alles trifft, was der Himmel an sie verschenkt hat. Und als hätten die Lüfte sich um sie vereinigt, hebt es sie augenblicklich in die verlorene Stille des Schlossgartens, gegenwärtig mit der göttlichen Präferenz, dass sie mehr nackt als bekleidet sich in meine Arme wirft und zu der sinnlichen Feststellung gelangt, dass wir dem Finale der Oper näher gerückt sind, nicht aber dem Ende der Vorstellung. Schlägt vor, den anberaumten Tag in ein Glas Wein fallen zu lassen und ist guten Mutes, dass das, was sich heute bewahrheitet, morgen schon ein Bestseller sein könnte.

Glaubte ich bislang, einen Paradiesapfel in den Händen zu halten, zähle ich nun mehr die Kerne, die dem Fruchtfleisch schmerzlich beiwohnen, begleite sie mit tausend Wünschen und zeige mich zuversichtlich, sie alsbald für unsere gemeinsamen Träume auswerfen zu können.

Jedenfalls scheinen in mir alle Begehrlichkeiten angewachsen zu sein, die geheimen und die heimlichen, jene denen ich unaufgefordert nachkomme und diese, die längst von mir Besitz ergriffen haben.

Inzwischen ist es der Atem des Windes, der sich über die Konturen ihres Körpers hermacht, der die Richtungen zusammenfegt und den Springbrunnen vor der Terrasse in Flammen legt, der die speienden Götterboten dazu aufruft, den Sommer auszuspucken, mit unzähligen Tropfen kosmischen Seins und der nachhaltigen Erinnerung, dass die Welt einstmals unter einem Reservoir von Regenbögen hervorgegangen ist. Vielleicht aber ist es auch Poseidon, der seine Wasser verrinnen sieht und sich der Andacht unterzieht, die Zeit in einen Ewigkeitstraum zu verwandeln.

Dann ist der Moment gekommen, den Luftakrobaten des Gewissens die Stelzen zu nehmen. Also entscheide ich mich, die Verlobungsringe der wundersamen Quelle des Lichtes zuzuführen, natürlich mit artigem Kniefall und der Heilsverkündung, sie von der Umnachtung der Schatulle zu befreien.

»Was sagt man dazu«, staunt Anton, »manchmal blüht dem winterharten Junggesellen doch noch ein zartes Veilchen.« Beschwört seine seherischen Qualitäten und meint, dass er den Augenblick gewählt hätte, von uns ein Foto zu schießen, schließlich gäbe es Besonderheiten, die einer Fata Morgana gleichkämen, und die sollte man nicht verpassen; manchmal bräuchte man ein bisschen Vergangenheit, um sich zu erinnern.

»In einer Gesellschaft von Karpfen und Rotaugen ist der Hecht die plausibelste aller Erklärungen«, positioniert sich Annika, »hätte ich einen friedlichen Fisch gewählt, könnte es uns passieren, dass wir die Rezeptur der Leidenschaft aus den Augen verlieren und die Torte der Liebe in Langeweile aufgeht.«

Und da man einem Mann nichts abgewöhnen kann, was er sich erst noch angewöhnen muss, sehe ich mich zunächst einmal verpflichtet, der beklagenswerten Seite meiner Befangenheit den Luxus zukommen zu lassen, meine auserwählte Prinzessin zu umarmen und zu küssen.

Doch noch ehe wir dazu kommen, unser Verlöbnis mit einem Glas Champagner zu besiegeln, ist es Salvatore, der sich unvermittelt der Arie des Heulens besinnt und die hellhörig gewordene Idylle zum Anlass nimmt, über einen der Stühle zu stolpern, dann über sich selbst und im weiteren Verlauf über das Brachland seiner Worte.

»Der ganze emanzipatorische Kram«, zeigt er sich aufgeklärt, »hat nichts daran geändert, dass der Mann es ist, der einer Frau einen Antrag macht, ob er sich geirrt hat oder nicht; der heutige Tag ist das Resultat aller gestrigen, soweit kann es also nicht her sein, dass man noch etwas falsch machen könnte. Vielmehr gilt es zu erforschen, welche Träume damit verbunden waren, welche Wünsche und Ansprüche, welche Gefälligkeiten und Pflichten.«

Weniger umschwärmt und entschieden nachdenklicher präpariert, übernimmt Morgana van Borg, wie aus heiterem Himmel bestellt, das Geschehen, fast schon ein bisschen selbstvergessen, als wäre sie in eine Stalaktite getropft, als ginge nichts mehr und sie hinge irgendwo an der Decke.

Jetzt, da sie sich der Aufmerksamkeit aller gewiss sein kann, passiert es ihr, dass die Welt um sie ein neues Gesicht fordert, jedenfalls schaut niemand so aus, als hätte er mit ihrem Besuch gerechnet. Es ist der Moment, da sie sich der Problematik bewusst wird, sie müsse sich rechtfertigen oder Farbe bekennen, irgendsoetwas muss es sein, das der Bestürzung Platz macht und zur Verwunderung aller wird.

Wie schwer diese Forderung allerdings wiegen sollte, erfahren wir, als sie ein Bündel von Zeitungen auf den Tisch wirft und dem Bekenntnis Vorschub leistet, sie hätte mit der ganzen Sache nichts zu tun.

»Wie auch sollte ich«, stellt sie sich dem unfreiwilligen Tribunal, »mich mit der eigenen Nabelschnur strangulieren, das kann niemand glauben, niemand wäre so töricht, seinen eigenen Henker zu bestellen.«

»Wenn du dir nichts vorzuwerfen hast«, gebe ich mich versöhnlich, »solltest du keine Abbitte leisten. Wer sich rechtfertigt, klagt sich an, und das steht ja offensichtlich nicht zur Debatte.«

»Mit zunehmendem Wissen macht man sich verdächtig«, steuert Anton bei, »auch das solltest du bedenken. Ganz grausam wird es, wenn der Verstand es mit dem Verstand zu tun bekommt. Der größte Teil unserer Sorgen besteht aus der Furcht vor unbegründeten Verdächtigungen.«

»Ich nehme an, Sie wissen, worüber Sie reden«, überfällt uns plötzlich eine Stimme aus dem Hintergrund. »Gott hat die Menschen dazu verdammt, sich zum Narren zu machen, das ist die eine Wahrheit, die andere besteht darin, dass wir in allem, was wir begehren, selten gescheiter, höchstens dümmer geworden sind.«

»Dennoch gibt es interessantere Dinge, als einen Käfig voller Narren«, wähle ich die Adresse meines Gewissens, »gleich welche Position wir beziehen, entweder steht man davor oder dahinter, und wer möchte schon behaupten, er hätte die richtige Seite gewählt?«

»Das ist in der Tat die Frage, wäre ich als Kommissar gekommen, müsste ich annehmen, Sie hätten meinen Besuch erwartet. So aber beuge ich mich der fürstlich gedeckten Tafel und gehe davon aus, dass sie mit mir nicht gerechnet haben und den heutigen Tag in Ruhe genießen möchten.«

»Bis dahin sollte Sie das Gefühl nicht täuschen, auch wenn wir für jeden Gast offen sind und ein weiteres Gedeck arrangieren können«, erwidere ich, »es ist ebenso beschämend, von seinen Freunden vernachlässigt zu werden, als ihnen zu misstrauen. Und da mit beidem nicht zu rechnen ist, sollten wir uns der Toleranz zuwenden, auch den Rest der Ungereimtheiten aus der Welt zu schaffen.«

»Wenn Sie nichts dagegen haben, werde ich mit den Zeitungsartikeln beginnen«, übernimmt der Kommissar, »um es verkürzt auf eine Formel zu bringen: Glaubte die Staatsanwaltschaft bislang, dass des Gutsherrn Großzügigkeit nicht allein den Pferden zugedacht war, sondern auch den vielen Gespielinnen, die sich bestens auf deren Rücken auskannten, geht sie nunmehr davon aus, dass der werte Herr nicht von Feuerfischen ermordet wurde, sondern vom Gift eines Oleanderstrauches; wobei der Zufall es wollte, dass die Kriminalisten in der angrenzenden Parkanlage eben diesen Busch ausfindig machen konnten. Wollte man es konkreter, sind es die vielen abgerissenen Zweige, die keine andere Deutung zulassen, als dass man sie über Monate hinaus dazu verwendet hat, ein mörderisches Elixier zusammenzubrauen.«

Sicherlich muss ich nicht betonen, dass sich das Antlitz Morganas zusehends erhellt, und ihr die Tortur erspart bleibt, sich aus ihren verschreckten Gliedmaßen winden zu müssen.

Gewiss ist es nicht die Zeit, die ihr im Übermaß zur Verfügung steht, sondern das Tremolo der Vergangenheit, wel-

ches sich aufgemacht hat neuerliche Gefahren zu beschwören, gewiss aber ist es ein Hoffnungsschimmer, selbst wenn
die Recherchen den erfundenen gelten, den erlogenen oder
den gefälschten.

Der Zufall kuriert zwar nicht alles, hin und wieder kommt
er nur im rechten Moment. Wie immer ich dieses Intermez-
zo auch werten möchte, man sieht einmal mehr, dass das
Schicksal alles zu ändern vermag. Fürs Erste ist Morgana
jedenfalls den Handschellen entkommen, auch wenn sie nie
lockerer geführt wurden als an diesem Tag.

Kapitel 12

»**D**as größte Hindernis zur Karriere ist die Karriere selbst«, verkündet der Leiter des Wirtschaftsseminars das Ende seines Lehrgangs. Fährt mit seiner Lesebrille entlang der Kante des Rednerpultes und erklärt ohne abzugleiten, dass das Leben kein Manifest der Freundschaft sei, sondern ein Prozess härtester Auseinandersetzungen, versehen mit dem Merkmal, die außergewöhnlichsten Dinge zu verwirklichen.

Widmet den Fresken der neu entstandenen Kapelle seine Aufmerksamkeit, bewundert die Stuckarbeiten des Deckengewölbes und hält fest, dass die meisten Risiken darin bestehen, kein Risiko einzugehen. Man müsse das Unmögliche wollen, um das Mögliche zu erreichen. »Jemand, der dem Gesang der Nachtigal lauschen möchte, sollte sie vor den Rachen eines Löwen zitieren. Es gibt Wüsten, die man gegen alle Erwartungen zum Blühen brachte und weitaus sandigere zum Sprudeln.«

»Ich denke, Sie haben zwischenzeitlich das Rüstzeug erlangt, Ihr Wissen in die Tat umzusetzen«, nehme auch ich die Gelegenheit wahr, mich von den Gesellen der fechtenden Zunft zu verabschieden, wage den Vergleich mit unbespielten Partituren und gebe mich der Hoffnung hin, mir möge die Inspiration mitspielen, die entsprechenden Noten alsbald in gefällige Töne umzuwandeln. Stelle mich dem einfallenden Licht und weise darauf hin, dass man den Erfolg nicht programmieren kann, man muss ihn weitestgehend ignorieren, wollte man sich die Chance erhalten, sein Ziel zu erreichen. »Wer glaubt, man könne ein sorgenfreies Leben auf Kosten anderer führen, weiß nicht, was ihm sein eigenes wert ist. Mit Scharlatanerie und Gaukelei würden wir unsere Fähigkeiten aufs Spiel setzen, unsere Träume müssten verwelken, und die erhofften Gewinne dürften ausbleiben. Bedenken Sie, bei allem was Sie tun, das Abstellgleis fährt mit, und wer möchte schon mit einer Kelle winken, die nirgendwohin führt. Halten Sie also Kurs und steuern den Pfad der Tugend, das vermeintliche Glück hat nie länger als fünf Minuten gedauert. Jeder Fortschritt muss umsonst sein, wenn man den Rückzug zur Vernunft nicht eingeplant hat. Außerdem könnte es dem Ethos Ihres Berufsstandes das Herz brechen, noch ehe es begonnen hat zu schlagen.«

Eigentlich hätte ich hiermit meine guten Wünsche abgehandelt, nun jedoch muss ich feststellen, dass ich der Arglosigkeit derart blauäugig hinterhergereist bin, dass ich den mitreißenden Applaus der Studentenschaft weder nachvollziehen noch erklären kann. Doch wie immer ihre Beweggründe auch geartet sein mögen, mein Dank ist ihnen gewiss und lässt sich gegenwärtig mit einem Glas Champagner egalisieren. Möglicherweise gelten ihre Honneurs aber auch dem idyllisch gelegenen Anwesen und der Gunst, ihr Wissen selten so komfortabel erschlossen zu haben. Wie sonst ließe sich ein Gemälde von Dali als Abschiedsgeschenk erklären. Jedenfalls bin ich in ihrer Schuld und, wie sich denken lässt, mit der Option auf weitere Getränke.

Als dann Salvatore und Anton der Ansammlung von Stelen und Kruzifixen entsteigen und der Andacht unterliegen, vom Schein der Kapelle getragen zu sein, besinnt sich der Professor, die Herrschaften des ausgefallenen Geschmacks mit einem Zitat zu erhellen: »Es ist eine der sonderbarsten Erscheinungen«, prostet er in die Runde, »dass wir an strapaziösen Tagen uns den Blick für die glücklicheren Stunden nur im Nachhinein begreiflich machen können.« Schließt sich dem Dank seiner Schüler an und hält fest, dass man selten merkt, was schon getan ist, immer aber, was noch ansteht.

»Sollten damit alle Eselsbrücken und Gedächtnislücken besiegelt sein, wäre dies die beste Gelegenheit, sich dem Spanferkelgrill zuzuwenden«, streichelt Salvatore den Gaumen der Studentenschaft. Intelligenz, wie er meint, könne sich nur dort entfalten, wo gut gespeist würde. Empfiehlt, die Zertifikate und Bankkredite für einen Moment auf ihren Papierwert zu begrenzen, der Appetit von heute könnte morgen schon von einem Kursturz getragen sein. Die Granitblöcke der Wirtschaft sind vom Untergang bedroht, die Korken der Wein- und Sektflaschen hingegen treiben stetig weiter.

Nimmt die Gelegenheit wahr, sich bei ihnen zu bedanken, und erklärt, dass er keine Ressentiments verspürt hätte. Manchmal ist es mehr wert, die Achtung vor sich selbst zu finden, als von aller Welt bestaunt zu werden. Was die Andersgearteten am meisten brauchen, ist das Verständnis untereinander, der Wunsch anerkannt und respektiert zu werden.

»Ich fürchte, Sie kommen der Wahrheit bedenklich nahe«, bekundet Morgana ihr Erscheinen, »das Dasein ist eine einzige Kostümprobe, erst wenn wir alle Rollen durchgespielt haben, wissen wir, in welcher Robe wir existieren möchten. Die wenigsten sehen, wie sie sich kleiden, aber immer, womit sie sich zum Narren machen können«, verschläft für einen Moment die Peinlichkeit ihrer Aussage und fügt an, dass dies nur eine Theorie sei, die Praxis käme entschieden grausamer daher.

»Man sieht einmal mehr, dass die Gesellschaft den Gleichklang nicht erfunden hat«, versuche ich es mit einer sensibleren Bewertung, »die wenigsten wissen, was ihnen die Zivilisation wert ist, aber immer, wie man ihr entkommen kann. Gelehrsamkeit und Sachverstand war in purer Form dargereicht schon immer ungenießbar. Erheben wir also das Glas und blicken durch die Quadratur des Kreises, die Welt wird uns nicht aus den Augen verlieren, sie war schon immer das, was wir an ihr zu bemängeln hatten.«

»Die Zielsetzung der Kultur besteht darin, die Menschen unentbehrlich zu machen«, zieht Annika die Vorzüge ihrer profitablen Figürlichkeit zurate, begibt sich ins hautnahe Licht ihrer betörenden Anmut und stellt unter Verdacht, dass wir der Enzyklopädie des Geistes verpflichtet sind und einem allumfassenden Bewusstsein beiwohnen. »Pflegen wir also den Gedankenaustausch, unsere Persönlichkeit wird nicht darunter leiden müssen.«

»Sicherlich müssten wir verkümmern, wären wir stets auf uns allein gestellt«, bestätigt der Professor, »möglicherweise würden wir heute noch den Teich der Evolution beseelen oder als Dinosaurier die Erde aufpflügen. Glücklicherweise aber sind wir aus dem Gedächtnis aller Natur hervorgegangen, mit den Formeln jeglichen Ursprungs an der Hand. Aber wir sind es auch jenseits unserer persönlichen Kenntnisnahme, vielleicht sogar auf besondere Art und Weise.«

»Gegebenenfalls ist aber auch alles anders«, fühlt sich Morgana angesprochen, »und wir sind mit Worten bestraft, aus denen der Verstand fließt, degradiert zu einem Wesen, das zwischen Licht und Schatten einherpendelt und seine Zustimmung erst noch finden muss, gleich der hölzernen Tragödie von Marionetten. Das Individuum Mensch ist dem Denken weniger fähig als hörig. Es mag sich zwar universell aufteilen, eher aber mit dem Status des Vergessens und Versagens und weniger im Sanctus göttlicher Bestimmung.«

Verabschiedet sich für die nächsten Dreharbeiten und hält fest, dass es keine Entschuldigung dafür gebe, den Tag auf sich beruhen zu lassen. Er fordere ihren Beistand und ließe sich erst begradigen, wenn die Treibholzplanken unter ihren Füßen sich in seichtere Gewässer begeben hätten. Überdies erginge es ihrem Magen wie ihrem schlechten Gewissen, das nur akzeptieren könne, was sich verdauen ließe.

»Der Optimist ist jemand, der die Dialoge zu seinem Vergnügen führt und keineswegs so tragisch nimmt, wie sie sind«, kommt Annika auf den Ausgangspunkt ihrer Worte zurück, »es gibt Gespräche, die man lieber nie geführt und Gesinnungen, die man besser nie kennengelernt hätte. Nun wäre es natürlich wenig hilfreich, sich der Besorgnis zuzuwenden, man hätte es versäumt, sich die Dummheiten der Gescheiten begreiflich zu machen. Man müsste mit Lösungen operieren, die weitaus schlimmer sein könnten, als die Entgleisungen, die damit verbunden wären.«

»Es gibt Illusionen, die mit dem Kopf in der Schlinge spazieren gehen, die im Rausch wahnwitziger Koloraturen den Irrsinn besingen und mit den Visionen der Auferstehung ihren Untergang feiern«, begebe sich mich in den Windschatten meiner Gedanken. »Was immer Morgana anstrebte, sie kam nur selten über den Drehort ihres Selbst hinaus. Zuweilen fand sie sich in den Trümmern ihrer höchstpersönlichen Geschichte wieder, einer Welt, die zu Ende ging, noch ehe sie sich des Lebens erwehren konnte. Und was ihr nicht zur Flucht gereichte, schien bis zur Unkenntlichkeit gefoltert, eingebettet in eine Sprache, die bisweilen jenseits allen Verständnisses lag und die Wirklichkeit gänzlich vermissen ließ.«

»Sicherlich hättest du damit den Leidensweg Morganas hinreichend geschildert«, übernimmt Annika, »wäre da nicht das Bildnis der Madonna, die wundersame Seligsprechung innerer Verwandlung und die zur Blüte angemalten Lippen mit dem Versprechen, die nächste Katastrophe anzulächeln.«

»Gemeint ist die Inszenierung jener arglistigen Vergewaltigung und die zur Schande angemahnte Austragung des Filmbabys«, stellt sich Salvatore seiner Mutmaßung. »Wie bereits diskutiert, könnte Morgana sich angesichts ihrer verletzten Seele in den Treibsand ihres Traumas begeben haben und mit den Grüften ihrer beschwerten Erinnerung ins Nirwana geistiger Ohnmacht abgesunken sein. Was sie nicht bedacht hat, ist die Tatsache, dass die Wahrheit kein Refugium für geschundene Seelen ist, und dass die Dreharbeiten sie unmittelbar in die Hölle führen.«

»Wer im Unglück lebt, hat nur wenig Chancen, gerecht behandelt zu werden«, sucht inzwischen auch Anton den Eingang des Gesprächs, »wollten wir den Gesang ihrer inneren Stimmen nachvollziehen, kämen wir nicht umhin, uns auf den Gondoliere ihres Bewusstseins einzulassen. Wir steuerten eine Barke, die dem Nichts zugedacht ist, die sich mit den Geistern des Jenseits vermählt und eigentlich nirgendwohin führt.«

»Vermutlich dann auch mit der imaginären Zuflucht einer nie zugedachten Kindheit und der bedauerlichen Tatsache, weder mütterlich noch väterlich umsorgt gewesen zu sein«, stelle ich mich meiner Befürchtung, »sie könnte angesichts ihrer indifferenten Psyche sich irgendwann als Strohpuppe wiederfinden, abgelegt auf einer Müllkippe oder einem Scheiterhaufen, wollte man einen weiteren Verdacht wecken, mit unorthodoxen Verhaltensweisen und nicht berechenbaren Konsequenzen, alles das könnte sich einstellen. Nimm einem Menschen seine Persönlichkeit und rechne mit dem, was übrig bleibt.«

Gewiss wäre dies der Moment, das Fahrwasser zu verlassen, derzeit halten die Peinlichkeiten Kurs mit den geschlechtsreifen Statuen des Brunnens, und was die überdimensionierten Brüste in die Welt plätschern, gereicht nicht, um das Unterholz des Geistes damit zu kultivieren. Nun wäre es sicherlich vermessen, sich zu zieren, wenn einem der Schlamassel bis zum Halse steht. Aber wie der Zufall es will, hat das Schicksal den Postboten auserkoren, der gehemmten Atmosphäre eine Zäsur zu bescheren. Und da die meisten

Aufdringlichkeiten ehrlicher Natur sind, bedarf es keiner großen Einlandung, ihn an die Tafel zu bitten; grinst sich durch die Botanik seiner strähnigen Haare und stellt alsbald unter Beweis, dass man erst einmal schmecken müsse, um zu wissen, wie hungrig man ist. Gibt zu bedenken, dass die Luft einmal mehr Staub als Sauerstoff transportiert und lässt durchblicken, dass er geneigt sei, einen kurzen Zwischenstopp einzulegen.

Zum Glück ist es dann Salvatore, der die Weisung des Himmels versteht und der staubigen Kehle des Boten zu Hilfe eilt. Dass er mit seiner kurzweiligen Intervention einen Cognac gemeint haben könnte, kann der Neuling des Hauses nicht ahnen.

Also entschließe ich mich, seinem Anliegen gerecht zu werden. Zuweilen ist das Bedürfnis nach einer gewissen Betäubung die einzige Möglichkeit, durch den Tag zu kommen.

»Jeder Mensch hat die Fähigkeit schöpferisch zu denken«, begibt sich Anton in das Brachland seiner Überlegungen. »Oftmals sind es die kleinen Verpflichtungen, die große Dinge gewährleisten.«

Nimmt den Stapel Briefe entgegen und meint, dass die meiste Post sich von selbst erledigen würde, man müsse sie nur lange genug liegen lassen. Kommt auf den Cognac zurück, knüpft an die vorherigen Gespräche an und wagt die Prognose, dass die entscheidenden Probleme dort zu finden seien, wo die Intellektuellen mit den Abstinenzlern zu diskutieren beginnen; es gäbe Leute, die nichts Alberneres im Sinn hätten, als der Zeit vorauszueilen. Was sie nicht berechnen konnten oder auch nicht bedacht haben, ist, dass sie späterhin auf unbequemen Stühlen nachsitzen mussten.

»Ich will es beherzigen«, schließt sich Annika dem Kreis der Auserwählten an und erbittet im Namen der Gleichberechtigung sich selbiges Gesöff zukommen zu lassen, womit der eine aufwacht, damit könne sich der andere schlafen legen.

Doch bevor sie dazu kommt, ihren Verstand für weitere Einzelheiten freizugeben, beeilt sich eine weitere Person, die honorig bestellte Kulisse in Atem zu halten, diesmal in Gestalt eines Gemüseverkäufers mit einer Menge Grünzeug im Gepäck und einer nicht zu übersehenden Fliegenplage.

»Die Sonne war selten so anhänglich wie heute«, zeigt sich der Händler bemüht, seine Missstimmung unterzubringen. »Die ersten dreißig Jahre habe ich damit verbracht, meinen Esel wie auch die Salatköpfe vor der Laune der Natur zu bewahren und die weiteren dreißig vor einer Armee von Stechmücken und Schmeißfliegen.«

Hiernach beeilt er sich, den Ausverkauf seiner Ware zu betreiben, schielt auf die Cognacflasche und gibt sich der Barmherzigkeit hin, die Biester nötigenfalls allesamt zu ertränken.

Gewiss ist dies nicht die Etikette, die Salvatore sich erhofft hätte. Dennoch nimmt er sich der Gemüsetüten an und prognostiziert in gewohntem Tanzschritt, dass die nächsten Tage der Diät vorbehalten seien und angesichts der Unmenge von Karotten auch den Frischlingen des neuerwählten Gestüts.

Als dann eine Schachtel Havanna die Runde macht, der Eseltreiber seine beiden Ohren damit behängt, ist für die Effizienz der Luft gesorgt. Und was nicht in Asche aufgeht, verbreitet der Auspuff des Polizeiautos mit krachendem Getöse; oberflächlich betrachtet, es wäre angebracht, der nächsten Flasche Cognac eine Chance einzuräumen.

»Es ist schon ein Kreuz, wie wenig man von sich weiß, wenn man andere über sich reden hört«, versuche ich es mit einem Geistesblitz, »vor allem wenn man mit Zufällen bedacht wird, mit denen niemand gerechnet hat. Wie sagte schon Einstein, wer sich nicht mehr wundern kann, ist bereits seelisch tot.«

»Du stehst mit deinen Überlegungen nicht allein da«, stimmt mir Annika zu und meint, dass ein klärendes Telefonat durchaus gereicht hätte, sich den Übergang aus dem Nichts zur Wirklichkeit hin begreiflich zu machen. »Es gibt keine Mitteilungen die einprägsamer sind, als jene, die man verheimlicht, dennoch gehe ich davon aus, dass womöglich niemand etwas dagegen hätte, sich einen Drink zu genehmigen.«

»Das Leben ist eine Reise mannigfacher Wiederkehr«, läutet der Kommissar seine Anhänglichkeit ein, kippt sich einen Cognac ins Gewissen und versichert, dass er nicht aus freien Stücken gekommen sei, sondern weil ihn die Pflicht gerufen hätte. Um einen Zufall zu provozieren, zeigt er sich beflissen, bedürfe es vielerlei Recherchen und Vorbereitungen, letztlich beanspruchten sie Wochen und Monate und nicht minder die Geduld eines eh schon überforderten Kommissariats.

Anton, dessen Neugier sich in der Frage erschließt, welche Beweggründe denn vorlagen, die ihn hierher führten, befürchtet schlichtweg einen neuerlichen Eklat. Fahrverbotsübertretungen werden es wohl nicht sein, mit denen sich der Leiter der Mordkommission beschäftigen müsse. Blickt in die Runde und zeigt sich überrascht, dass der Seminarleiter sich spontan in die Kirche zurückzieht.

»Sehen Sie, es gibt NS-Verbrecher«, vertieft der Kommissar sein Erscheinen, »die immer noch frei herumlaufen und angesichts ihrer Straftaten längst hinter Schloss und Riegel müssten, die ihre Todesschwadronen gegen jeden hetzten, der nicht arischer Abstammung war, die mordeten und vergewaltigten und darüber hinaus gewillt waren, den Tod unschuldiger Menschen in Kauf zu nehmen.«

Pfeift alsdann seine beiden Kollegen ins Geschirr und weist sie an den Delinquenten des Unheils zu verhaften: Was Recht ist, müsse Recht bleiben.

Nichts ist zeitloser als die Zeit, scheint mir mein Bewusstsein zu verraten, was immer ich denke und anfasse, es weckt in mir den Verdacht, von lauter Spukgestalten umgeben zu sein. Trotzdem bemühe ich mich, die Fassung zu wahren, benutze nur die nötigsten Hirnzellen und gebe mich der flehentlichen Inspiration hin, der Allmächtige möge mir eine gedeihlichere Zusammenarbeit gewähren und mir zu einer besseren Einsicht verhelfen. Stattdessen allerdings hänge ich steiftrocken im Geäst meiner Glieder, verliere den Überblick und versande zusehends im Räderwerk meiner Unstimmigkeiten.

Die Welt dürfte inzwischen von Gestalten beseelt sein, die reden, obwohl sie nichts zu sagen haben, die hören und fühlen ohne zu verstehen. Wer nun erwartet hätte, dem Narren spielte das Gebell der Schellen mit, dürfte möglicherweise hinzugelernt haben. Ich jedenfalls ziehe es vor, mit Hörnern herumzulaufen, wie sie den Schafen zueigen sind und dem Teufel alle Ehre machen könnten.

Dass zuweilen noch andere Accessoires infrage kommen, beweist der Professor, als er sich eine Pistole vor die Schläfe hält, um, wie zu vermuten, seinem schlechten Gewissen ein Ende zu bereiten. Eine andere Option steht mir zunächst nicht zur Verfügung und dürfte angesichts des beschlossenen Exitus auch nicht mehr relevant sein.

»Selbst der absolute Verbrecher findet manchmal zu einer guten Tat«, beschleicht Morgana die Bildfläche. »Nichts kann mehr zur Seelenruhe beitragen, als wenn man sich von jemandem verabschiedet, der offensichtlich zeitlebens keine Gewissensbisse kannte.«

Eine Aussage, die nicht unbedingt zur Pietät gereichen dürfte, eher schon zu der Annahme, dass der unbarmherzige

Engel die entscheidenden Momente verpasst haben könnte, gänzlich unter dem Vorbehalt, dass ihr das Schicksal zuvorgekommen ist und ihr die Arbeit abgenommen hat. Wie anders ließe sich ihr Euphorie erklären, so wie es scheint fühlt sie sich um ihre persönliche Einflussnahme betrogen.

»Die Welt«, zieht Morgana ihr Fazit, »hat sich selten an das gehalten, was man von ihr erwartet. Für sie war der Trabant schon immer die Verkörperung von Unberechenbarkeit und Anmaßung, eine hochaufgeschwungene Partitur, die sich mit dem Gefieder des Jenseits schmückt, die komponiert wurde, um sich von sich selbst zu befreien, nicht zuletzt von den Dingen, die nie ein Anrecht besaßen, sich mit einem erstzunehmenden Beitrag beliebt zu machen.«

Kapitel 13

Da war ich nun mit einem Male in die Wertlosigkeit meines Selbst zurückgefallen, in eine Welt, in der das Grauen zu Hause ist und die Gespenster sich die Hände reichen, jene sonderbare Gestaltwerdung, die dem Nichts dient und mit der Tinte des Vergessens meine Erinnerungen auslöscht, die mit der Leere unbeschriebener Seiten dem Orakel beiwohnt ich hätte schon bessere Zeiten erlebt. Wo immer ich hinblättere, ich scheine samt Schrift aus den Annalen meiner Bestimmung geflogen zu sein.

»Du wirst es nicht glauben, wirklich anwesend ist hier niemand, nicht einmal zum Schein«, sortiert Annika ihre Ängste, »wir sollten den geistigen Spagat wagen und in die Geschichte des Alltags eintreten, manchmal kommen die Gespräche auch über Umwege ans Ziel.«

Dekoriert mit feinsinnigem Lächeln den Aggregatzustand meines Gemüts und belebt in mir den Verdacht, den angehenden Tag über ihre Lippen geweckt zu haben, vielleicht auch über den Mythos ihrer formvollendeten Erscheinung und die Extravaganz ausschwärmender Brüste.

»Sieh nur«, therapiert sie meine Verlegenheit, wirft ihre Beine übereinander, bemüht abermals die prosaische Sektion meines Wohlwollens und prophezeit, ebenso hingebensvoll, wie fordernd, dass der Mensch in die Bedeutungslosigkeit zurückkehren müsse, würde er sich ausschließlich der Gravitation seines Egos widmen. Wie immer ich dieses Feuer auch werten sollte, bisweilen geschieht es mir, dass sich mein Körper wie eine riesige Hand auftut, und dass es kaum etwas gibt, das ich ihr nicht überreichen möchte.

»Kleinholz ist der erste Schritt zur Brandstiftung«, sucht Salvatore Anschluss an unser morgendliches Statement, »man kann nur gespannt sein, wem der nächste Anschlag gelten wird. Wem Gottähnliches widerfährt, dem wird auch der Teufel zu Diensten sein. Offenkundig ist es ein großes Wagnis, Morgana auch nur einen halben Tag unbeaufsichtigt zu lassen.«

Verwettet seine frisch gefönten Haare, dass die nächste Kuriosität darin bestehen könnte, Erdbeermarmelade mit Spinnenbeinen zu kredenzen, einfach so, um jemandem einen süßen Tod zu bescheren.

»Meine Biografie hat zwar eine Menge mit einem Sumpfhuhn gemein«, plündere ich meine Gedanken, »nicht aber mit der totalen Hingabe, mich durch unnötiges Gegacker vor die Flinte zu bringen.«

Jedenfalls fällt es mir schwer, das Frühstück mit einer Konfitüre zu verwöhnen. Mir ist, als befände ich mich im Durchzug zweier Welten, als sähe ich mich in eine Drehtür versetzt, die sich nach innen hin öffnet und nach außen hin ins Unendliche fortpflanzt.

»Ich hoffe, der Maestro ist auf dem Posten und weiß, dass die nächste Probe angesagt ist«, wendet sich Salvatore an Annika, »vermitteln Sie ihm das Gefühl, dass Sie ihn entbehren können. Die einzige Wohltat, die er unbeschadet empfangen kann, ist die, die er sich selbst gewährt.«

Nachdem sodann die letzten Ungereimtheiten den Tag anblinzeln, und die Schmelzwasser der Nacht die gewachsenen Gletscher aufzutauen drohen, scheint für Annika das Ende der Eiszeit angesagt zu sein. Kaum eine Begierde in mir, die nicht um ihre Hüften kreist, ihren Körper in Flammen legt und sich der Vorsehung unterwirft, die kommenden Stunden zurück in die Kissen zu verlegen. Eigentlich müsste ich frei sein für ein umfassendes Geständnis. Ganz gleich, wo die Strömung mich auch hinzieht, sie hat mich hervorgebracht und dürfte mich so schnell nicht mehr loswerden.

Doch unter den tausend Strophen, die mich zuweilen heimsuchen, mischt sich das Tedeum von Mozart, und so bizarr auch meine Fantasie, so schnell erneuern sich meine Pflichten, wachsen mir Arme und Beine und das Gefühl, von allen Geistern verlassen zu sein, würde ich nicht in die Gänge kommen.

Dennoch finde ich schneller als erwartet, zu meiner Bestimmung, so sehe ich mich augenblicklich in die Dramaturgie meines Selbst versetzt, spüre den wahren Zuschnitt meines Geistes und hege das Bedürfnis, die Welt der Noten von ihrer Partitur zu befreien.

»Wer nicht gewillt ist, sein Bestes zu geben«, mahnt der Konzertmeister seine Mistreiter, »lügt auch bei jeder anderen Gelegenheit, wachen wir also auf und kommen in die Schuhe, die Kunst wird nicht von Menschen bedroht, die keine Ahnung haben, sondern von Leuten, die es verlernt haben zuzuhören.«

»Die Musik ist ein fern gefundenes Gut und kein Exil für Träumer«, schicke ich meine Betrachtung hinterher, »wir haben den Kosmos der Töne entdeckt, nun dürften wir uns nicht wundern, dass wir ihn barfuß durchwandern, die Blessuren sind also vorprogrammiert.«

Und als hätte der erste Bassist meine Worte ernst genommen, rutscht er unversehens von seinem Hocker, stolpert über die Dämpfer der Posaunen und landet zwischen den Schenkeln der Solocellistin.

»Das ist die ersprießlichste und zugleich amüsanteste Möglichkeit, sich den Hals zu brechen«, kommentiert eine nicht minder attraktive Kollegin das Geschehen. Gratuliert ihrer Pultpartnerin, die Kniegeige zur rechten Zeit abgelegt zu haben und hält fest, dass die meisten Peinlichkeiten im passenden Moment passieren.

»Es ist angenehmer zu fliegen, als zu kriechen«, schürt der Konzertmeister das Feuer der leidenschaftlichen Umarmung. »Gefühle und Inspirationen sind Eingebungen der dritten Art, niemand vermag zu sagen, welche Dummheiten der Zufall noch im Gepäck hat. Aber der Tag ist früh genug angesagt, als das er sich noch hinreichend blamieren könnte. Schließen wir uns also zusammen und geben uns zuversichtlich, Dinge zu entdecken, die zuvor niemand bedacht, geschweige wahrgenommen hat.«

Als wir dann nach einer schweißtreibenden Probe den Garten der Töne von ihrem Wildwuchs befreit haben, scheint auch der Letzte zu begreifen, dass Konzertieren kein harmloses Pflänzchen ist, und dass jeder miteinander im Wettstreit steht, ob er will oder nicht, oder wie die wiedererweckte Cellistin zu deuten pflegt. »Würde auf der Welt alles mit rechten Dingen zugehen, bräuchten wir die Engel des Himmels nicht.«

»Versuchungen kommen mit offenen Türen«, bemühe ich mich, die miese Ventilation des Orchesterraumes zu erklären, »mittelmäßige Geister verteilen fast alles, was sie nicht bei sich halten können, vor allem schlechte Angewohnheiten.«

In der Garderobe angekommen, finde ich mich augenblicklich in einer nicht minder angespannten Atmosphäre wieder.

»Manche Dinge lassen sich mit nichts entschuldigen«, überfällt mich der Intendant, »das sind furchtlose Theoretiker oder hohlgesichtige Seifenblasen, die alles versprechen und nichts halten.«

Indes seine angesäuerte Mimik zu verraten weiß, dass auch Schlimmeres angesagt sein könnte, zischen Traum und Tag ist nicht viel Platz, manchmal nur ein Wimpernschlag oder die Enttäuschung, wieder einmal zu spät gehandelt zu haben.

»Wenn wir unseren Mitmenschen alles das erlauben, was wir uns selbst verbieten, würden wir uns die Hölle bereiten«, verteile ich mit vorsichtiger Feder die Möglichkeit, dass es sich bei der angedachten Person um Morgana van Borg handeln könnte.

»Es gibt Frauen«, bemüht der Intendant seine Nachdenklichkeit, »die ihre Unterwäsche mit Weihrauch und Friedhofssymbolen schmücken, mit Kreuzen des Kummers und Elends, gänzlich der Ideologie entsprechend, dass das Paradies mehr Zeit in Anspruch nimmt, als wir zur Verfügung haben.«

»Wenn es das ist, was Sie mir sagen möchten«, gebe ich mich beflissen, »sollten Sie ihre Konsequenzen ziehen und dem unbequemen Geist den Rat erteilen, er möge der Allgemeinheit zuliebe seine schauspielerischen Ambitionen auf einer Laienbühne ausleben. Entweder man wehrt sich gegen derartige Eskapaden oder man macht sich mitverantwortlich. Wenn irgendwann irgendwer herausfinden sollte, dass die Opernbühne ein Tummelplatz für gestrandete Künstler ist, könnte es passieren, dass die Ernsthaftigkeit verloren geht und jeder nur noch das tut, was ihm gefällt. Und dann gibt es noch die Theorie, wonach dies schon öfters passiert sein muss. Wenn Anstand und Selbstkritik nicht mehr weiterhelfen und die Stationen gut gemeinter Ratschläge zum Durchgangsverkehr tauber Ohren wird, ist der Moment angesagt, Konsequenzen zu ziehen.«

»Freunde zu gewinnen ist keine Kunst, sie aber wieder loszuwerden, ist ein schier problematisches Unterfangen«, zieht der Intendant sein höchstpersönliches Fazit, »wenn ich es nicht besser wüsste, würde ich behaupten, Morgana van Borg wäre auf die Untugenden ihres Selbst beschränkt. Kaum etwas, mit dem sie ihr tatsächliches Wesen noch unter Beweis stellen könnte. Außer ihrer herausfordernden Figürlichkeit ist da nichts, womit sie sich anzufreunden vermag.

Aber wie gesagt, übertriebene Anhänglichkeiten haben immer etwas Unheimliches zu veräußern, man weiß nie so recht, was man damit anfangen soll. Insofern deutet alles darauf hin, dass man sie irgendwann künstlich aufgewertet hat, irgendwann im dritten Reich, zu einer Zeit, da Oppenheimer und Einstein die Kernspaltung vorantrieben, Werner von Braun die Raketentechnik hoffähig machte, damals, im Zuge wahnwitziger Experimente, könnte alles passiert sein, auch die Schaffung neuartiger Spezies.«

»Es war die Zeit gigantischen Irrsinns, der Moment, da die Nazis damit begannen, die Welt zu unterwerfen und für sich gefügig zu machen«, suche ich den Eingang seiner Überlegungen, »und was sich nicht erklären ließ, wurde einfach totgeschwiegen. Sehr bald waren es die Gardisten Hitlers, die den Menschen ohne Herz und Hirn ersannen, es war der Augenblick, da nichts funktionierte aber alles geschah, und wer nicht mitspielte, wurde ganz einfach ignoriert oder über die Schornsteine des Vergessens in die Luft gepustet.«

Derweil ich so die Katakomben von Visionen und Schreckensbildern zu meinem Geständnis mache, ist es der Intendant, der meine Unruhe bemerkt und mich dazu animiert, die Probe fortzuführen, glücklicherweise im rechten Moment und der gefälligen Geste, mit mir selbst um die Wette zu rennen. Indes der Geräuschpegel der Instrumente mir die Gunst erweist, mit jedem Stückchen des Weges dem Opus der Musik näher gerückt zu sein.

Aber wie die Aktien sich auch verwerten lassen, zunächst gebührt dem Orchester meine Aufmerksamkeit und Zuneigung. Also widme ich mich erneut dem Tedeum und verwende meine ganze Inspiration, den angehenden Tag doch noch einzuholen, und wenn die Engel mitspielen, zu einem knisternden Erlebnis werden zu lassen.

Tatsächlich hat der Himmel dann auch die besseren Karten und beschert uns ein feudales Kunsterlebnis. Offenkundig ist dies die Stimme die jeder versteht, der Wohlklang jener Sprache, die keine Bedingungen knüpft und zur Tragsäule unseres Bewusstseins wird. Sie hilft uns das zu tun, was wir können, und nicht, womit wir uns blamieren müssten.

Also bedanke ich mich für ihre verlässliche Mitarbeit und verkünde voller Stolz, dass sie mir die schöneren Töne nachreichen konnten, um die sich der Intendant an diesem Morgen vergeblich bemühte.

Einstweilen ist es die mit Basaltsteinen gepflasterte Allee, der ich mein Gefährt anvertraue, mehr schlingernd als gradlinig, für jeden Crash wie geschaffen. Dass Napoleon diese Straße zum Symbol seiner militärischen Vorherrschaft ersann, ist bezeichnend für seinen Ewigkeitswahn, wenn auch nach heutiger Sicht eine absolute Fehlentscheidung. Dennoch lässt sich erahnen, dass das Schicksal vergangener Kriegsschauplätze mitfährt und mir persönlich keine gnadenvolle Ankunft bescheren wird.

Zunächst jedoch sind es die abgewrackten Standarten vergangener Epochen, die wie zur Farce angewachsen das Palais umflattern. Ein vernünftiger Parkplatz hingegen wäre da schon die bessere Lösung, ebenso fatal das in Grau gehaltene Mauerwerk. Die Fledermäuse allein werden dem Anwesen nicht den gewünschten Anstrich geben, mithin wäre es angebracht, dem Schloss die Geisterstunde zu nehmen und in ein Hotel umzuwandeln, vielleicht auch in einen Gourmettempel.

Ein gewisses Maß an Veränderung sollte schon gestattet sein, wollte man der Erbmasse gerecht werden und nicht als Verräter in die Geschichte eingehen. Genügend Gründe also, um den Begriff Nostalgie in Gestaltwerdung umzutaufen.

Vorerst allerdings beschleicht mich das Gefühl, von aller Welt verlassen zu sein, selbst die vorwitzigen Krähen scheinen das Terrain zu meiden, wenn auch der Palast sich der Evolution biologischen Lebens nie so recht anvertraut hat, also sollte ich das Naheliegende tun, die Welt entfernt sich von Mal zu Mal und von Tag zu Tag.

In der Eingangshalle angekommen, sind es Aron und Leica, die mehr dösend als aufmunternd meine Ankunft begrüßen. Wollte ich den Vergleich zu einem Theaterraum herstellen, könnte dieser sich nicht friedfertiger präsentieren. Oder wie der Konzertmeister einmal formulierte: Manche Ohren halten das Stimmen von Instrumenten schon für Musik.

Aber das wäre eine andere Thematik, die Forderung, seinen Freunden zu begegnen, ist beileibe schon die größere Option. Die Vorstellung, dass etwas passiert sein könnte, ist zwar immer gewährleistet, jedoch in Gegenwart der schlafenden Hunde kaum zu verifizieren und mit vielerlei Vermutungen versehen.

Und so bequeme ich mich, eine Inspektion des Palais vorzunehmen. Dass ich damit kaum zu meiner Beruhigung beitrage, lässt sich angesichts der leutseligen Geister unschwer erraten. Die Räumlichkeiten verzehren sich im Dunstkreis verloren gegangenen Lebens. Nicht, was ich sehe, spiegelt noch die Wirklichkeit wider, sondern, was mir entfällt und worin sich mein Schatten bemessen lässt.

Die Magie geht also eindeutig an die innewohnenden Gespenster zurück, und was nicht meine Zustimmung findet, entdeckt sich in der Unsterblichkeit ihrer Seelen, im Totentanz exzessiv verrenkter Beine und Gliedmaßen. Derweil die schlimmeren Eingebungen noch jene sind, die sich im Nichts bewahrten, die aus Rechthaberei und Dünkelwahn, den Wahnsinn probten und sich von jeder Schuld freisprachen. Waren es doch die Gebildeten, die nichts Wesentliches vollbrachten, die stets zu feige waren, Farbe zu bekennen.

Insofern ist alles, was ich antreffe, kälter als Eis, es ist das, was durch sich selbst existiert, eine Leinwand voller Rätsel und Mysterien, ein Inferno vieler Gesichter und Zugeständnisse.

So gesehen war die Welt nie anfälliger als schon immer, auch wenn die eigentliche Entdeckung augenblicklich darin besteht, das schönste Kleid und die längsten Beine zu bewundern, feininniger verpackt mit der extravaganten Figürlichkeit Annikas, wenn ich mich festlegen möchte, realistischer und hübscher den je, offensichtlich sind die Wege weiblicher Intuition mit hohen Absätzen und noch höheren Rocksäumen ausgelegt.

Vielleicht ist dies der Moment, das morgendliche Versprechen einzulösen, andere Überlegungen wären nicht nur hinderlich sondern auch pure Zeitverschwendung.

Aber wie so oft steht die einfache Lösung im Benehmen eines Störenfrieds, jenes Spielverderbers, der sich erst einmal unbeliebt machen möchte, um ernst genommen zu werden. Zuweilen in Gestalt Salvatores, der zu berichten weiß, dass der Mensch auf Erden auf kuriose Weise entstanden sei, und dass der Schöpfer alle Bedingungen kannte, bevor er sich zu einem Probeguss hinreißen ließ.

Nun könnte ich ihm angesichts meiner strapazierten Laune, dass er sein Dasein so nehmen müsse, wie es sich darstellt, und dass er hierfür nicht unbedingt der Zustimmung des Allmächtigen bedürfe, er müsse sich nur seiner persönlichen Eingebung hingeben, alles Weitere würde sich schon von selbst ergeben.

Aber aus verständlichen Gründen vermeide ich es, ihm die biologischen Zusammenhänge zu schildern. Dennoch sollte er seinen Ehrgeiz walten lassen, für alles gäbe es eine Lösung, manchmal dann auch gar zwei.

»Die richtige und die falsche«, vermag er meiner Einschätzung zu folgen. Oder wie Annika, die inzwischen ebenfalls unser Terrain aufsucht, es zu deuten pflegt: »Das Leben existiert außerhalb aller Bedenken und Einwände, allerdings müsste man sich irgendwann einmal dazu bekennen, man sollte das tun was man möchte, und nicht, was man sich nicht eingesteht.«

Stellt sich langbeinig in die Tür meiner überforderten Sinne und erklärt, eher verlegen als gewollt, dass man dem Glauben keinen Gefallen tut, würde man der Sünde abschwört. Beugt sich zu mir hinüber und entschließt sich, meine Stirn mit dem Stempel ihrer Lippen sinnlich auf Reisen zu schicken.

Und obschon ich in die Verlegenheit geraten könnte, ihr an die Wäsche zu gehen, hebt sich der Boden unter unseren Füßen und schüttelt uns durch die nächste Tür in die Bibliothek. Dass die Erschütterungen, die uns heimsuchen, weniger den sinnlich erstellten Proportionen Annikas zuzuordnen sind, habe ich zwar auf der Rechnung, nicht jedoch das Szenario, das sich dahinter verstecken könnte. Jedenfalls dürfte das Zittern und Poltern aus dem Innern der Erde kommen und, was wir hoffen mögen, sich als ein vorübergehendes Beben ausweisen.

Zu unserem Erstaunen ist es dann Morgana, die von allem nichts mitbekommt und ungeachtet dessen in einem Buch herumblättert, ziemlich gespenstisch, was ich da dem trockenen Licht meiner Hirnwaben entlocke. Jedenfalls ist sie fernab jeder Weltuntergangsstimmung, eher schon scheint sie dem magischen Licht eines schwarzen Loches verfallen zu sein, vielleicht auch einem Phänomen, das bisher noch niemand zu sehen bekommen hat.

Bei näherer Betrachtung handelt es sich um Aufzeichnungen eines Antigravitations-Generators, ein Jahrtausendexperiment, wie sie meint; falls sich dies bewahrheiten sollte, würde unser Leben nicht mehr das sein, was es einmal war. Wir könnten der Schwerkraft entrinnen und jedes erdenkliche Ziel ansteuern. Fahrstühle hätten ausgedient und die Stockwerke ließen sich ganz einfach überspringen.

Mit Einsparung der Gravitation ließen sich Autos durch die Luft kutschieren, ohne den Boden je zu berühren, vor allem aber wären wir in der Lage, Raumschiffe zu entwickeln, mit denen wir jeden Punkt der Galaxie erreichen könnten.

Eigentlich müsste dies der Moment sein, da sie endgültig abdreht, und es nicht der Kosmos sein wird, den sie ansteuert, sondern die nächste Irrenanstalt.

Aber wie die Entdeckung auch gesegnet ist, die Unterlagen, die sie uns vor Augen führt, sehen nicht so aus, als ließen sie sich einfach so in einen Papierkorb verfrachten. Sie verweisen auf den Nazigeneral Hans Kammler, der unter dem Geheimprojekt »Die Glocke« mit einer Crew von sechzig Ingenieuren einer Antischwerkrafttheorie auf der Spur war und beachtliche Ergebnisse erzielte. Gelänge ihnen der Nachweis des gravitomagnetischen Feldes, wäre dies ein fulminanter Sieg für die Allgemeine Relativitätstheorie. Das Projekt wurde dann allerdings nach dem Einmarsch der Roten Armee in Breslau beschlagnahmt und die wissenschaftlichen Mitarbeiter von der Gestapo kurzerhand liquidiert.

Über Umwege gelangten die Papiere in den Besitz des russischen Physikers Eugen Podkletnov und späterhin an amerikanische Labors. Zumindest verfügt die NASA inzwischen über Flugobjekte, die aufgrund ihrer voluminösen Beschaffenheit leichter sein müssten als eine Feder.

»Dann wollen wir den Nachmittag nicht im Schwergewicht der Erdkruste verstreichen lassen, sondern mit einem Espresso aufschäumen«, bietet Salvatore seine höchstpersönlichen Künste an.

»Den Entschluss, das hehre Anwesen in ein Hotel oder auch Gourmettempel umzuwandeln, mag man auf den ersten Blick als glänzende Idee bezeichnen«, bezieht sich Annika auf die frisch vermeldeten Äußerungen Maximilians, »aber wie sich die Zukunft auch bewahrheiten wird, die innewohnenden Geister werden vermutlich ein Wörtchen mitzureden haben.

Trotzdem hat jeder das Recht, sich so viel Scherereien zu bereiten, wie es ihm gefällt. Die Barbarei beginnt bereits dort, wo man die Kleinigkeiten außer Acht lässt. Die Dringlichkeit scheint also ganz allgemein hausbackener Natur zu sein, wollte ich eine Prognose wagen, ist es die Kaffeemaschine, die sich der Widerspenstigkeit besinnt, jeden anzuspucken, der sich in ihre Nähe begibt.

»Wie gesagt«, zelebriert Annika ihre eigene Verwunderung, wer zum x-ten Male einer Maschine misstraut, müsste inzwischen gelernt haben. Aber das Verständnis eines Mannes beweist sich oftmals in der Ignoranz seines Wissens und ist selten eine Bank für gescheite Ideen.«

Anton, der sich bereits vor einer Weile dem Wein verschrieben hat, sieht nicht den rosigen Schimmer, der das Haus, ohne Mitwirkung von außen, erblühen lassen könnte. Kommt auf die finanzielle Situation zu sprechen und meint, dass der gepriesene Gourmettempel mit Sicherheit, die bessere Alternative sei. Die Bedenkenträger von heute, dürften morgen schon die ersten sein, die sich in einer Schlemmerecke zurückziehen und verwöhnen ließen.

»Natürlich müsste ein vernünftiges Konzept her«, schließt sich Salvatore der allgemeinen Stimmung an, »der Pächter sollte den Interessen des Schlossherrn verpflichtet sein und das Palais in seiner gänzlichen Güte erhalten.«

Nachdem wir so die ein und die andere Möglichkeit ins Kalkül ziehen, gibt es kein Nadelöhr, durch welches wir nicht hindurchgleiten, sind es die blanken Drähte unserer Sprache, die unsere Gemüter erhitzen und ungeahnte Perspektiven erschließen.

»Wie war das mit Noah, als er seine Arche baute, hatte er mit der Sintflut gerechnet«, sucht Morgana Anschluss an unser Gespräch. »Handelte er auf Geheiß Gottes, wollte er einer Katastrophe zuvorkommen, oder war er ganz einfach auf der Suche nach dem gelobten Land? Die Welt ist voller Geheimnisse und Prophezeiungen. Insofern ist es besser, zum Himmel aufzuschauen als zu warten, bis man dorthin abberufen wird. So gesehen sollten sie das tun, was sie für richtig erachten. Wenn der Verstand befiehlt, sind alle Überlegungen umsonst.«

»Nun muss man wissen, dass Morgana dem Raumschiff Erde längst ihre Besatzung zugeordnet hat«, spielt Salvatore mit seinen Überlegungen, »spätestens mit der neuerlichen Entdeckung ihrer Antigravitationstheorie, scheint für sie nicht nur der Höhepunkt ihrer filmischen Extravaganz angesagt zu sein, nichts ist unmöglich, wenn es nur genügend irrational ist.«

»Für die meisten Menschen ist der Lebensbereich eine Pflanze, die sich beliebig extrahieren und beschneiden lässt«, entschließe ich mich zu einer Antwort, »wir sind dem Zentrum unseres Denkens verpflichtet, unseren Vorstellungen und Ahnungen, und wir sind es aus innerer Überzeugung, wir sind der Lehrmeister unseres Wissens und jeglicher Realität.«

»Und wir sind voller Widersprüche«, zieht Annika ihr persönliches Fazit. »Offenkundig haben wir die Angewohnheit, immer etwas über unseren Kopf hinaus zu denken, aber jeder hat seine eigene Art, sich zu blamieren. Außerdem hätten wir nichts, worüber wir uns amüsieren könnten.«

»Ein ehrlicher Misserfolg ist oftmals besser, als einer Moral zu frönen, die keiner kennt«, bemüht Salvatore den Weg ins Blaue. »Die meisten Dinge geschehen aus der Notwendigkeit, dass niemand sie aufhalten kann. Folglich wird uns die Zukunft so lange verschlossen bleiben, bis wir die entsprechen Ziele und Konzeptionen entwickelt haben und von der unseligen Vielfalt von Plänen zur Planung geschritten sind.«

»Dabei ist es wenig erheblich, wie sich Noah letztendlich entschieden hat«, kommt Morgana auf den Ausgangspunkt des Gesprächs zurück, »dem Teufel wird er nicht entgangen sein, selbst der demütigste Mensch erhofft sich meist mehr, als ihm zusteht. Je sauberer die Weste umso empfindlicher reagiert sie auf Flecken. Insofern sollte niemand überrascht sein, wenn der Höllendrache das Boot vor sich hinschiebt und darauf wartet, es zum Kentern zu bringen. Die Vernunft wird's jedenfalls nicht sein, die uns vor größeren Fehlern bewahrt, wenn wir dann nicht schon längst über Bord gegangen sind.«

Kapitel 14

Die nächsten Tage und Wochen, wollte ich sie im Lichte der Vorsehung belassen, klettern entlang der Fassaden des Palais, derweil ein Sandstrahl Stein für Stein erhellt und dem angegrauten Mauerwerk ein neuerliches Ambiente verleiht.

Nichts sollte an die Armeemäntel erinnern, die hier einstmals ein und ausgingen. Die aus Granit und Marmorsäulen bestellte Eingangshalle erstrahlt ebenfalls in frischem Glanz und erweckt bisweilen den Eindruck, eine Kathedrale zu betreten, indes die frisch renovierten Fresken und Stelen im Eingangsrund der Tempelhalle imposant zur Geltung kommen, während die gläserne Kuppel des Deckengewölbes zu ihrer eigentlichen Bestimmung zurückfindet und dem lichten Einfall der Gestirne eindrucksvoll beiwohnt.

Eigentlich wäre bereits damit die Vergangenheit ausgelöscht; der Kosmos hält Einzug in eine Geschichte, die darauf wartet, neu geschrieben zu werden, die mit den Prinzipien der Demokratie und Freiheit sich vermählt und Tyrannei und Militärherrschaft ein für alle Male at acta legt.

Inzwischen ist dann auch der künftige Hotelier zur Besichtigung angereist. Wollte ich eine Prognose wagen, wird er keine Probleme damit haben, sich mit Erinnerungen zu beschäftigen, wahrscheinlich wird er von den alten Geistern verschont bleiben, auch wenn ich ihm nicht vorenthalten möchte, dass sich in einer Mansarde eine lebensgroße Puppe befindet, die seit Urzeiten das Schloss bewacht, und er besser beraten wäre, sie in ihrem Dornröschenschlaf zu belassen. So sagen die Annalen, dass sie Unheil brächte, würde man sie aufwecken, detaillierter verfasst, die Historie spricht von einem Feuer, welches das Schloss vernichten könnte.

»Dann wollen wir den Raum verschließen und gegen etwaige Diebe sichern«, bekennt sich der künftige Hotelier.

Weniger aufregend aber mindestens so interessant müsste für ihn die Information sein, dass Napoleon seinerzeit hier nächtigte und seine Truppen befehligte. Die entsprechende Suite wäre zu begutachten und ließe sich anhand der Chronik problemlos nachweisen. Dass Blücher ebenfalls dieses Schloss aufsuchte, dürfte im Rahmen einer Präsentation nicht minder von Bedeutung sein. So machte er Napoleon nicht nur eines seiner Domizile abspenstig, er verhalf Wellington bei Waterloo zu einem grandiosen Sieg: Ich wollt es wäre Nacht und die Preußen kämen.

Der Reigen illustrer Herrschaften ließe sich beliebig fortsetzen. Nicht zu vergessen die Anwesenheit Haydns, der den damaligen Grafen im Klavierspiel unterrichtete und vor geladenem Publikum seine Werke aufführte.

»Sicherlich gibt es noch eine Vielfalt von Begegnungen und Episoden, die dem Maestro entgangen sein könnten«, brüstet sich Salvatore in gewohnt feministischer Manier, »nicht zuletzt die Nachricht, dass das Anwesen als Kulturstätte ausgewiesen wurde und die Regierung ihre finanzielle Unterstützung zugesagt hat, zuweilen mit der Option, dass es ihnen vorbehalten ist, hochrangige Politiker in den schlosseigenen Räumlichkeiten zur Audienz zu bitten.«

»Das Schicksal ereilt uns oftmals auf Wegen, die keiner kennt und trotzdem dazu ausersehen sind, sie einzuschlagen«, beeilt sich der Hotelier, seine Meinung kundzutun, »dies bedeutet natürlich, dass wir entsprechende Konferenzräume und Bankettmöglichkeiten bücksichtigen sollten. Die Zukunft wird also nicht darin bestellt sein, wer uns beehren wird, sondern dass man sich wohlfühlen kann. Insofern wäre es verfrüht, bereits jetzt den Erfolg zu beschwören. Es ist leichter die ersten Wünsche zu erfüllen, als die kommenden sicherzustellen.«

»Das heißt natürlich auch, wir bräuchten einen exzellenten Koch«, fürchtet Anton um sein leibliches Wohl. »Gut zu essen und zu trinken ist ein heimliches Verlangen, wohingegen das Begießen abgeschlossener Verträge sekundärer Natur sein dürfte und bisweilen pure Mehrarbeit leistet.«

»Es gibt Gerüchte«, überfällt uns aus heiterem Himmel der Kommissar, »die besagen, dass manche Gäste ausschließlich der Gespenster wegen ein Schloss aufsuchen, und dann gibt es Verdachtsmomente, die darauf schließen lassen, dass die meisten Leute enttäuscht die Heimreise antreten.«

»Und es gibt Begebenheiten, die genau das Gegenteil verraten«, bemüht Anton seine Erfahrung. »Aber das wäre ein anderer Film, Sie interessiert der graduelle Verfall des Palais oder auch die Frage, wie steht es um den Finanzbetrieb im Hause Lahnstein, irgend so etwas brennt Ihnen auf der Zunge.«

»Nicht jedes Treffen kommt der Befürchtung nahe, dass etwas Unangenehmes passiert sein muss«, zeigt sich der Kommissar handzahm, »die meisten Mysterien haben wir abgedreht, nun will es der Zufall, dass die Geschichte möglicherweise neu geschrieben werden muss. Wollte ich dem Drehbuch vorgreifen, gilt es die Weichen zu stellen, bevor der Zug die Gleise verfehlt und den unwiederbringlichen Crash herbeiführt.«

Angesichts der Tatsache, dass das Thema für erfahrene Ohren bestimmt sein dürfte, bitte ich den Kriminalisten, seine Beweggründe bei einem Spaziergang zu erörtern, zumal die bevorstehenden Gespräche mehr Dynamit als Poesie transportieren dürften. So nehme ich entsprechend seiner Mutmaßung zur Kenntnis, dass Morgana van Borg sich aus dem Staub gemacht hat, wenn nicht sogar in Luft auflöste.

Aber, was mir persönlich noch zusagen würde, scheint dem Kommissar zuwiderzulaufen. Nicht nur, dass er mir die Motive seines Umdenkens nicht einleuchtend erklären genug erklären kann, er scheint in der Tat in Sorge zu sein. Ein Treffen, das er zur Klärung bestimmter Sachverhalte anberaum hatte, kam nicht zustande und wurde aus unerfindlichen Gründen abgesagt.

»Und wir dachten schon Sie wüssten mehr«, zeige ich mich interessiert, »bisweilen überraschten Sie uns mit immer neuen Eskapaden und Abenteuern, kaum zu glauben, dass sie nun mehr ausbleiben sollten?«

»Das Einzige, womit ich dienen kann, liegt in der Chance begründet, das Jenseits anzurufen«, besinnt sich der Kriminalist, »so mancher sei zur Verwunderung aller, irgendwann einmal von der Bildfläche verschwunden. Und dann gibt es bereits die Theorie, wonach das wirklich passiert sein muss. Falls es Ihnen weiterhilft, das letzte Mal als wir uns sahen, war sie damit beschäftigt, ein Pamphlet über Antischwerkraft zu studieren. Sie entwendete die von den Nazis streng gehütete Dokumentation aus der Schlossbibliothek und schien von den damaligen Forschungsergebnissen äußerst angetan.«

»Ich wusste«, bilanziert der Kommissar, »Sie sind immer für eine Überraschung zu haben. Jedenfalls ist dieser Hinweis mehr als brisant und könnte für unsere Nachforschungen von Bedeutung sein. Ich selbst erinnere mich, dass die einstmaligen Ingenieure und Wissenschaftler, die dem Geheimprojekt »Die Glocke« zugeteilt waren, kurz vor Beendigung des Krieges von der Gestapo liquidiert wurden.«

Befreit sich kopfschüttelnd von den neuerlichen Mitteilungen, gewiss aber auch von der rücksichtslosen Art des NS-Regimes, und der Wahrscheinlichkeit, dass wir mit dieser Information wohl längst nicht den Schlussstrich unter die Geschichte gezogen haben. Die menschliche Misere ist selten so genüsslich kultiviert worden, wie in der Zeit des Eisernen Vorhangs. »Gehen wir davon aus, dass Morgana van Borg ihr Wissen nicht dem KGB in die Hände spielte und den Zug nach Pankow verpasst hat.«

»Die Kriege dauern verdammt lange, besonders zum Ende hin«, versuche ich es mit einer beiläufigen Antwort, »dabei dachte ich, die Dummheiten wären abgearbeitet und würden sich nicht wiederholen; offenkundig aber liegen sie auf der Straße oder verbreiten sich in Büchereien und Bibliotheken.«

»So sehr kann man sich irren«, hält der Kommissar inne, »zumindest kann niemand behaupten, das Leben wäre langweilig. In fünf Minuten kann eine Botschaft die Welt erschüttern. Hoffen wir nicht, dass sie Jahrzehnte braucht, um sie uns begreiflich zu machen.«

Bedankt sich für die kostbare Zeit, die ich ihm gewidmet hätte, dreht seine Absätze in den mehligen Boden und verschwindet so schnell wie er gekommen ist, mit einer Menge Fragen und Ungereimtheiten, nur etwas angekratzter und mindestens so staubig.

»Ich möchte es nicht beschwören«, befindet der Hotelier, »aber dem Kommissar fehlte der Beweis für Friedfertigkeit und Geduld. Gäbe es das Wort Vertrauen in seinem Sprachschatz, wäre es genau das, wonach er gesucht hat.«

»Das Wörterbuch ist von tausenden Irrtümern und Illusionen gesegnet«, bemüht Annika ihre Verwunderung, »von Ärzten und Quacksalbern, von Kommissären und Despoten, die für alles einen Verdachtsmoment parat haben, die jeglicher Mutmaßung aufgeschlossen sind aber nur selten einer kritischen Betrachtung.«

»Um es einer gewissen Klärung zuzuführen«, gebe ich mich prosaisch, »es handelt sich um den Paradeengel des Hauses, an dem der Erfolg vorbeimarschiert sein könnte und nunmehr zusehends Probleme damit bekommt, sein Gesicht zu wahren. Die trügerischste Maske, wie mir scheint, ist nicht selten das ureigenste Antlitz und die Schwierigkeit, darin gesehen zu werden. Eine der Erklärungen wäre, dass sie in den Osten abgewandert ist, vielleicht auch nach Südamerika, dorthin, wo der Karneval zu Hause ist und man in jedes Kostüm passt.«

»Wer dem Seelenheil nachjagt, muss mit leichtem Gepäck unterwegs sein«, bedient sich Salvatore seiner üblichen Rhetorik. »Eigensinn ist die Willenskraft der Schwachen. Was wissen wir, was wir wissen; vielleicht hat sie ihre Reise auch nur vorgetäuscht, und sie ist das, was wir schon immer vermuteten, ein Gespenst des Hauses Lahnstein.«

Und als hätte der Hotelier die Probleme dieser Welt für einen Moment auf sich vereinigt, bittet er uns, zum Abschluss die Kapelle besichtigen zu dürfen, verweist auf seine Erfahrung und die immense Zahl derer, die ihren Lebenswandel in anonymen Betten austragen.

»Was immer also passiert sein mag, es könnte auch gar nichts passiert sein, und der Delinquent des Unheils hat außerhalb der Stadt Quartier bezogen und erfreut sich zuweilen bei bester Gesundheit.«

»Dennoch ist zu befürchten, dass Morgana van Borg zur Harmonisierung ihrer Bedürfnisse den Trip in den Ostblock tatsächlich gewagt hat«, strapaziert Annika unsere angeschlagene Laune. »Für den eingefleischten Jäger ist bereits die Mücke der beste Beweis einer Fliegenklatsche. Wie anders wollte man ihr leidenschaftliches Interesse hinsichtlich der Antischwerkraft erklären?«

»Auch wenn ich mir sicher bin, dass für sie das Thema keine vorübergehende Angelegenheit war«, ermittelt Salvatore, »finde ich den Zeitpunkt, sich so plötzlich aus der Affäre zu ziehen, ziemlich ungewöhnlich, wenn nicht gar untypisch und gewagt, kurz vor der Premiere ihres Films sogar mit nichts erklärbar. Aber die Unbegreiflichkeit beginnt dort, wo man keine Worte parat hat.«

»Jede Mutmaßung erlaubt mehrere Standpunkte«, übernimmt Anton, »den eigenen und den falschen, so gesehen könnte alles passiert sein, sogar eine Entführung. Was wissen wir, was der Streifen so alles transportiert. Trotzdem scheint sie mir fern davon zu sein, vor sich selbst davonzulaufen. Die Eitelkeit ist eine Ware, auf die niemand verzichtet, und, wie sich denken lässt, Morgana am aller wenigsten. Sie ist nicht der Wurm, der freiwillig an die Angel geht.«

»Sich aus der Affäre zu ziehen, käme einer vorweggenommenen Niederlage gleich, und damit würde sie nicht existieren können«, stimme ich zu. »Strategie ist der weise Gebrauch, den passenden Moment abzuwarten. Außerdem hilft es im Augenblick niemandem, Ursachenforschung zu betreiben. Frauen sind im Allgemeinen die besseren Taktiker, gehen wir davon aus, dass sie ihr Verschwinden eingeplant hat. Unser Problem ist es, dass wir Vorsicht und Misstrauen in einen Topf schmeißen. Damit gefährden wir nicht nur unseren Überblick, sondern auch die Fähigkeit, sich normal zu verhalten.«

»Es gibt zwei Kategorien von Menschen, jene über die man reden sollte und diese, denen man besser nicht begegnet wäre«, beschließt Anton unser Gespräch.

»Ich denke ebenfalls, dass wir unseren Fokus künftig vermehrt auf das Schloss richten sollten«, empfiehlt Annika, »die Beweggründe hierfür sind entschieden sinnvoller und wesentlich angenehmer. Das Getue um Morganas Abwesenheit geht auch mir inzwischen auf den Keks. Unter der Lupe betrachtet, war sie nie das, was wir bei ihr in Erwartung stellten, eher schon ein Krümelgebäck.«

Besinnt sich der beiden Hunde Aron und Leica, vermisst ihre ansonsten so rege Anhänglichkeit und erklärt, dass es bestimmt an der Zeit wäre, sie auszuführen. Schließlich könnte ihr Schlaf nicht ewig währen, es sei, ihnen hätte jemand etwas ins Futter gemischt. Doch was so einfach dahergesagt ist, lockt plötzlich unser aller Skepsis auf die Matte.

»Wenn wir nicht schon betriebsblind sind und vor lauter Arbeitseifer den Argwohn in den Augen spazieren führen, sollten wir uns umgehend um sie kümmern«, gebe ich meinen Unmut bekannt.

»Nun muss man nicht das Schlimmste befürchten, nur weil wir ihr Schwanzwedeln vermissen«, versucht uns Salvatore zu beruhigen, »der größte Teil unserer Sorgen scheint zuweilen unserer Fantasie zu entspringen. Ganz gleich wie oft wir die Welt zu retten gedenken, wir schaffen es immer wieder, uns neuen Verdachtsmomenten auszusetzen.«

»Trotzdem sollten wir gewarnt sein und nicht so tun, als sei nichts passiert, zumal auch ich die beiden Aufpasser in einem anästhesieähnlichen Zustand gesehen habe und mir der Verdacht kam, irgendwer fürchtet den Zugriff ihrer Zähne, um ungehindert die Räumlichkeiten in Augenschein zu nehmen.«

Dass ich damit die hemdsärmeligen Gelüste Antons auf den Plan rufe, hätte ich zwar bedenken, aber nicht verhindern können. Was dem einen gärt, wird dem anderen zur Wut. Dennoch ziehe ich es vor, das Kommissariat zurückzubeordern, falls sie überhaupt noch zur rechten Zeit kämen. Für Anton ist die Geschichte des Schlosses im gegebenen Moment eine einzige Hinrichtungsstätte mit unzähligen Folterkammern und Verließen.

Aber so geschwind auch die Polizei zur Stelle ist, Anton scheint die Täter bereits aufgespürt und sein Werk verrichtet zu haben. Wie wir später erfahren, hat er die Einbrecher in der Bibliothek gestellt und mit einem Vorderlader gezwungen, die einklappbare Treppe zu benutzen, mit dem Resultat, dass die eh schon auf Hochglanz polierten Stufen, zur Rutschbahn in die Hölle wurden.

»Das Gespür, im rechten Moment am richtigen Ort zu sein, mag für einen selbst ernannten Detektiv ein geheimes Verlangen sein, für uns Kriminalisten, wie sich denken lässt, ist sie nicht unbedingt die ersprießlichste aller Lösungen.«

»Anstatt die Bekanntschaft mit guten Büchern zu machten, legten die Ganoven ihren Wert auf eigens für sie gestrickte Krimis«, kommentiert Annika, »wie kann man nur so dumm sein, eine Festung aufzusuchen, die im Umgang mit Raubzügen geradezu prädestiniert ist. Die Überraschungen sind seit jeher eingeplant, und wenn ich konstatieren möchte, mit bitteren Erfahrungen und einer Menge unangenehmer Knochenbrüche.«

»Bei aller Eigenmächtigkeit und Durchschlagskraft«, begutachtet nun auch der Kommissar die jammernde Truppe, »sollten Sie der fixen Idee abschwören, das Anwesen mit Vorderladern und irgendwelchen museumsreifen Falltüren zu schützen. Der Weg zur Selbstverteidigung ist dank der Polizei bereits seit einer Weile aus der Mode gekommen, vielleicht wäre es dankenswert, auch den Schlossgeistern diesen Trend klar zu machen. Befreien wir uns von den Mythen der Tafelrunde, von Männlichkeitswahn und Edelmut, die Historie um König Artus ist tot, wenn sie nicht schon zu Lebzeiten eine Legende war.«

»Dennoch liefern die Banditen möglicherweise die entsprechenden Hinweise, was mit Morgana geschehen sein könnte«, versuche ich Antons Vorgehen zu entschuldigen, »wenn sie nicht nach näheren Informationen Ausschau hielten, will ich einen Besen fressen.«

»Sie müssen es nicht erst versuchen«, stellt der Kommissar klar, »wir werden ihnen so lange auf die Finger klopfen, bis auch die restlichen gebrochen sind. Sie kennen nicht die Qualitäten der Polizei, wir haben zwar keine Folterbänke, dafür aber eine Menge mittelalterlicher Torturen und Fantasien.«

Wedelt mit einem Bündel Handschellen und verspricht den Verbrechern den Tanz ihres Lebens, bislang hätte sich noch jeder im Gesang beweisen müssen. So mancher sei als Eisenfresser gekommen und als Callas ins Kittchen gewandert.

Erklärt, dass sie sich glücklich schätzen könnten, nicht durch das Schwert zu Fall gekommen zu sein, bedankt sich in ihrem Sinne bei Anton und vertieft den Gedanken, dass dieser künftig modernere Methoden verwenden möge, schließlich gäbe es amüsantere Dinge, als Leute krankenhausreif zu prügeln.

Kapitel 15

Nachdem ich so mit vielen Weisheiten ausgeschmückt den Tunnel meiner Seele zum Lichte hin aufwühle, meine Lippen sich mit neuen Bekenntnissen dem kühlen Nass des Weihwassers zuwenden, sehe ich mich im vertrauten Schein der kleinen Kapelle wieder.

Vorne zwischen zwei Bänken eingekeilt die Gestalt eines Paters, friedlich schlummernd, als hätte Gott ihn für eine Weile in die Ewigkeit versenkt. Bevor ich allerdings dazu komme, die bizarre Figur in mein Bewusstsein zu rufen, nimmt diese die Kapuze ab und gibt sich als Bruder Benediktus zu erkennen.

So fremd mir dieser Name auch für den ersten Augenblick erscheint, sein Gesicht kommt mir bekannt vor und lässt sich anhand der frisch geschlagenen Schmisse mit der damaligen Studentenschaft unschwer in Verbindung bringen.

Und als sähe sich der Pater in der Pflicht, mir sein Ornat zu erklären, verwickelt er mich in ein längeres Gespräch. So erfahre ich, dass er dem Orden der Zisterzienser beigetreten ist, jener heiligen Zunft, die einstmals zu den bedeutendsten Bankiers ihrer Zeit gehörte. Insofern sei er zwar seinen Interessen gefolgt, nicht aber dem Ehrgeiz, sein Wissen in bare Münze umzusetzen. Er selbst habe sich einer Rockband angeschlossen und musiziere in einer feucht fröhlichen Crew von Mönchen und Priestern. Ihr erstes Album *Music For Paradise* sei inzwischen in den Charts und erfreue sich zuweilen großer Beliebtheit.

»Was ich damit sagen möchte«, lacht der ehemalige Korpsbruder, »die Mönche suchten Gott nicht ausschließlich in in der Askese; im frühen Mittelalter gelang ihnen sogar der Durchbruch in der Finanz- und Börsenwirtschaft. Sie gewannen sehr schnell an Ansehen und Prestige und zählten dank eines ausgeklügelten Verwaltungs- und Kommunikationssystems sehr bald zu den reichsten Leuten ihrer Zeit. Heute würde man sie als die ersten Kapitalisten Gottes bezeichnen.«

»Das wirft natürlich die Frage auf, wie gefestigt war das System, und wie lange konnten sie sich halten. Meines Erachtens nur bis zu dem Moment, da sie sich verzockten und über die Maßen verschuldeten. Wollte man eine Vermutung aussprechen, sahen sich die Männer Gottes alsbald ins Erdgeschoss ihrer himmlischen Visionen versetzt und wurden wegen ihrer Habsucht und Geldgier zurück in die Klöster vertrieben.«

»Viele Prinzipien der frühen puritanischen Jahre«, gesellt sich ein Kollege des Seminars zu uns, »kamen entweder aus der Mode oder gerieten in Verruf. Die um sich greifende Pest besorgte ihr Übriges, der Umsatz blieb aus, und der Handel mit Wertpapieren und Kapitaleinlagen verstummte oder wurde auf den Nimmerleinstag verschoben.«

»Sicherlich wäre es unfair, die damaligen Begebenheiten auf die heutige Epoche zu übertragen«, versuche ich es mit gescheiten Worten, »dennoch sollten wir gewarnt sein. Mit zunehmender Globalisierung und Vernetzung der Weltwirtschaft sind Entgleisungen vorhersehbar und jederzeit möglich.«

»Wie sagte Ordenschef Bernhard Clairvaux, Gründer der Zisterzienser und späterer Papst«, bemüht der Kollege der weißen Robe seinen Kenntnisstand: »Ich bin die Schimäre meines Jahrhunderts, nicht Priester und nicht Laie, ich trage zwar das Gewandt eines Mönches aber schon längst nicht mehr seine Lebensweisheit.«

»Ich denke, der Kirchenstaat müsste inzwischen dazugelernt haben«, unterbricht ihn der Kollege. »Dennoch sollten wir den Kahlschlag der Zisterzienser als mahnendes Beispiel im Auge behalten, die Dinosaurier von damals sind nicht ausgestorben und könnten ihr Comeback längst geplant haben, dann in formvollendeter Manier jener Westentaschengesellschaft und der imprägnierenden Erkenntnis, nur dem Irrtum von Gestern verfallen zu sein.«

»Manche Menschen kommen in Diskussionen der Wahrheit näher als ihrem eigenen Horizont«, gesellt sich Annika hinzu, folglich sei jede Debatte, die Fortführung neuer Konfrontationen. »Wollte ich eine Befürchtung anzetteln«, spielt sie auf den unerwarteten Besuch der beiden Patres an, »die bevorstehende Filmpremiere könnte dazu angetan sein, den roten Teppich der Extravaganzen im Laufschritt zu überqueren. Einige Ungereimtheiten ließen sich bereits jetzt zusammentragen, unter anderem die Frage, wie die Zuschauer reagieren werden, und wird Morgana überhaupt anwesend sein?«

»Die Annalen des Krieges«, beziehe ich mich auf Teile des Skripts, »sind von Diplomaten des Militärs und der Politik gemacht worden, nun sollte dem Publikum ein gänzlich neues Libretto erwachsen. So mancher Veteran dürfte angesichts der Diffamierung hochrangiger Offiziere ins Grübeln geraten und sich der Frage stellen, wozu und weshalb sie ihre Köper an die Front geworfen haben. Nicht auszudenken die Frustration derer, die sich in dem Streifen wiederfinden: Und wer möchte schon in dieser prosaischen Eindeutigkeit an den Pranger gestellt werden.?«

»Da bleibt immer noch die Ungereimtheit«, kommt Annika auf den Ausgangspunkt ihrer Frage zurück, »was ist mit Morgana, wird sie uns überhaupt mit ihrer Anwesenheit beehren? Zuweilen wurde uns seitens des Kommissariats mitgeteilt, dass sie sich in den Osten abgesetzt haben könnte und ihr möglicherweise die Courage fehlt, sich dem Ansturm der Entrüsteten zu widersetzen. Schließlich war sie minutiös darauf bedacht, die Vergewaltigung ihrer Mutter in Szene zu setzen.«

»Dass sie am Ende ihrer Odyssee auf den Anblick derer verzichten sollte, die sich schuldig gemacht haben, ist nur schwerlich vorstellbar«, beschleicht nun auch Anton den Konvent der Hellhörigen, »Genaueres werden wir erst wissen, wenn das Publikum seine Rechung aufgemacht hat. Aber, wie gesagt, Geduld ist eine Tugend, die sich gerade dann verabschiedet, wenn man sie am dringendsten benötigt.«

»Ich denke, dass der Film die Erwartungen nur halbwegs erfüllen wird«, wage ich die Prognose. »Niemand kommt mit Vernunft zur Vernunft – und unsere werte Kollegin am aller wenigsten. So betrachtet wird Morgana anwesend sein. Sie liebt den Eklat und schreckt vor keiner Zwangsjacke zurück, nicht einmal vor dieser, die sie sich selbst anlegt.«

»Die Akte X lässt sich nicht so ohne Weiteres schließen«, strapaziert inzwischen auch Annika ihren Erkenntnishorizont, »jedenfalls gibt es bei Morgana keine endgültigen Konsequenzen. Erst kürzlich wandte sie sich der Antischwerkraft zu, jener These, die sie der Schlossbibliothek entlockte, mit entsprechenden Unterlagen und Beweisfotos aus der Nazizeit. Wie sagte der Kommissar: In der subatomaren Welt ist alles möglich, auch das Unmögliche.«

»Nun könnte man behaupten, sie sei entführt worden oder hätte die Antigravitation dazu benutzt, sich aus dem Staub zu machen«, begibt sich Salvatore zwischen die Fronten, »dass sich am Ende aller Tage die Schwerkraft selbst auffrisst und wir dem Weltall mehr schwebend als statisch beiwohnen, ist zwar denkbar, aber nicht unbedingt plausibel. Sicherlich könnten wir das Thema bis zum Nimmerleinstag fortsetzen, aber in Erwartung der bevorstehenden Premiere sollten wir jede weitere Diskussion verschieben.«

»Wenn je Übersinnliches und Gespenstisches in Szene gesetzt wurden, dürfte es in diesem Film passiert sein«, bemüht Annika ihr Wohlwollen, »hoffen wir nur, dass wir nicht angehalten sind, einen leeren Vorhang beklatschen zu müssen. Die Möglichkeit, dass Morgana ihre Hände in Unschuld waschen möchte, ist absurd und mit nichts belegbar. Das Talent sieht die Dinge so wie sie sind und nicht, wie sie sich beweisen müssen. Ich denke schon, dass sie bereit wäre, jede Schlussfolgerung in Kauf zu nehmen, unzureichende Kritiken waren ihr stets willkommen und Ansporn dafür, sich neu zu konsolidieren. Bislang steckte sie nur zurück, um besser Anlauf zu nehmen.«

»Wer fürchtet, er könne sich Feinde machen, weiß nicht, dass sie schon immer da waren«, amüsiert sich weiterer ein Kollege des Wirtschaftsseminars, »außerdem ist das Gewissen um hundertachtzig Grad drehbar. Einst war die Inquisition für Staat und Kirche ein wohlgefälliges Unternehmen und politisch inszenierte Tötungen eine erfreuliche Abwechslung. Was könnte also schon passieren, dass den Streifen auf den Index der Gotteslästerung setzen könnte.?«

Wie sehr er recht behalten sollte, zeigt sich bereits darin, dass der Veranstalter die Ungeduld des Publikums teilt und den Film trotz fehlender Prominenz startet, vermutlich in Abwägung der vielen kleinen Leute, die in den Sitzreihen eingeklemmt das Gesicht dieser Welt eh nicht ändern können und, wie sich nach einer gewissen Zeit herausstellt, auch nicht ändern wollen.

Sicherlich hätten die Besucher etwas mehr über die Dreharbeiten in Erfahrung bringen wollen, zumal Morgana van Borg eine Menge Zeitschriften mit ihren Allüren und Spleens in Atem gehalten hat. Wie sagte sie in einer ihrer letzten Talkshows: Grundsätzliche Ablehnung ist auch eine Form der Zustimmung.

Sicherlich hat Morgana nie so recht gewusst, wie sie die tausend Grillen in ihrem Kopf bändigen sollte, waren es doch ihre Worte, als sie sich bei einem Dreh in der Formulierung verfing: Wer nicht über gewisse Dinge seinen Verstand verliert, hat nichts zu verlieren. Natürlich wusste sie sehr genau, wovon sie redet und worin die Auswüchse beheimatet waren. Die Protagonisten ihres Librettos musste sie nicht lange suchen, irgendwann gaben sie sich gegenseitig die Klinke, zelebrierten angesichts möglicher Diffamierungen und Blamagen ihr ureigenes Skript.

Bereits zu Beginn der Aufführung sieht sich der Zuschauer in einen dokumentarischen Rausch versetzt, bei dem Wahn und Wirklichkeit zueinander finden, mit höllischen Tonschnitten und irrsinnigen Bildern.

Die Vergewaltigung Annikas durch hochrangige Nazioffiziere wird szenisch bis zum Exzess durchgeführt und erweckt beim Zuschauer Abscheu und Entsetzen. Die darstellerische Leistung, bei der Angst und Schrecken stets die Oberhand behält, wird bisweilen mit frenetischen Ovationen bedacht. Dass von da an den Tätern die Guillotine winken sollte, ist nunmehr die logische Konsequenz und wird durch Morganas dramaturgisches Geschick folgerichtig beibehalten und durchgeführt. Dennoch täuscht das Skript nicht darüber hinweg, dass Morgana van Borg dieses Vehikel benutzte, um sich für die entwürdigende Schändung ihrer Mutter zu revanchieren.

Für den Kommissar dürften die Zusammenhänge inzwischen zur Kollision auflaufen und seine Nerven bis an den Rand des Erträglichen strapazieren. So erklärt er mir zum Ende der Vorstellung, dass das Publikum dem Elend dieser Welt mehr als hartgesotten gegenüberstünde und im Grunde auch nichts anderes in Erwartung gestellt hätte. »Offensichtich ist es attraktiver, einem Begehren nachzukommen, als in ihm Maß zu halten. Gäbe es etwas, dass ich diesem Film entnehmen konnte, wäre es die formvollendete Art, jemanden zu eliminieren, ohne persönlich Hand anzulegen. Trotzdem bin ich mir sicher, Morgana van Borg überführen zu können. Niemand inszeniert den Tod so perfekt, als das sich keine Spuren nachweisen ließen.«

»Früher gingen die Menschen ins Kino, um sich zu amüsieren«, begebe ich mich auf seine Seite, »heute hingegen neigen wir zu Aktionen, die uns das Fürchten lehren oder in Angst und Schrecken versetzen. Früher oder später werden wir von Überzeugungstätern überrannt, von denen niemand mehr weiß, was echt und was gestellt ist. Aber wie gesagt, jeder hat das Recht, sich soviel Ärger zuzulegen, wie es ihm in den Kram passt.«

»Für Morgana sogar die beste Möglichkeit ihren Rachegelüsten nachzukommen«, so der Kommissar, »zuweilen genügt ein Blick über die Köpfe der Zuschauer, um zu erkennen, dass das Böse dieser Welt gesellschaftsfähig geworden ist.«

Entsprechend ungestüm und anhaltend ihr Beifall, jedenfalls scheinen die Gäste zu begreifen, dass sich die Regisseurin im Zorn beweist und nichts auslässt, womit sie schockieren könnte. Dass sie gleichsam ihr Fernbleiben inszeniert hat, ist denkbar und wird den Konsens des Drehbuchs nur um eine weitere Spekulation bereichern. Die großen Überraschungen finden sich nicht ein, sie werden ganz einfach gemacht.

Und obgleich Annika keinen historischen Report abliefern möchte, fasst sie sich ein Herz und richtet ein Wort des Dankes ans Publikum.

»Es gibt die besondere Art von Menschen, die Begeisterungsstürme auslösen, die so manchen beflügeln und in den Bann ziehen können, die nichts bedenken und trotzdem alles richtig machen, die verborgene Transformationen wecken und aus einem Molekül eine Partitur entstehen lassen, die dem Spektrum von Unzulänglichkeiten und Gemeinheiten erwachsen und neues Wissen vermitteln.«

Spätestens als die fechtende Zunft die Bühne heimsucht, ihre Schärpen anlegt und die Klingen zum Spalier zückt, begreift auch der Letzte, dass diese Ehre Morgana von Borg gelten sollte. Natürlich ist dies dann auch der Moment, da sich das Publikum von den Sitzen erhebt und der gelungenen Präsentation ihr Wohlwollen bekundet, die meisten im Glanz feuchter Augen; die einen, weil sich das so gehört, die anderen, weil ihnen womöglich nichts Besseres einfällt.

»Was immer ihr widerfahren ist«, unterstreicht einer der Darsteller, »es muss schon mit dem Teufel zugegangen sein. Für Probleme oder verzwickte Situationen hatte sie nie mehr als ein müdes Lächeln übrig, sie waren für sie oftmals genau der Ansporn, um zu zeigen, was sie kann. Entsprechend lakonisch ihr Wahlspruch: Wer sich dem Bedürfnis unterwirft, etwas zu sein, braucht eine Menge Schein und noch mehr Schwein.«

Auch wenn sich das Zitat nicht unbedingt mit den Gepflogenheiten Morganas verknüpfen lässt, seine Worte kommen beim Publikum an und entsprechen ganz allgemein einer gelungenen Vorstellung.

Mittlerweile bin ich sowohl den Dankesreden, als auch der aufgewühlten Atmosphäre des Filmpalastes entkommen; kaum ein Statement, das mich noch halten und meinen Abflug in die Gefilde des Schlosses verhindern könnte. Und als wäre aller Kummer nicht groß genug, befinde ich mich sehr bald im Beritt meiner üblichen Gedanken. Wie gewohnt kreist mein Blick entlang der weit gefassten Häuserfront, oder sollte ich sagen, einem riesigen Kokon, der zuweilen damit beschäftigt ist, die Relikte der Vergangenheit wie auch den wundgefrästen Schorf abzuwerfen.

Würde ich es nicht besser wissen, müsste ich annehmen, das Chalet beherberge nach wie vor eine Kindsgestalt, vielleicht auch das Gesicht einer Puppe, bleich und maskenhaft, als wäre sie den Requisiten des Theaters entnommen, mal zwischen den Vorhängen eingeklemmt, mal im Brokatschimmer der Abendsonne entschwindend. Vielleicht entdecke ich aber auch nur, was ich bereits schon einige Male gesehen und bemerkt habe.

Und da ich schon einmal bei der Einbildung angelangt bin, transformiert sich das mit Zöpfen umrahmte Mädchen in das Antlitz Morganas, wenn ich orakeln sollte, nicht real und nicht gänzlich abwesend. Eine Parallele zum Film ließe sich mühelos herstellen und verwandtschaftsnah erklären. Dieses Schloss hat so manche Geister hervorgebracht, warum nicht eine Regisseurin, die vorübergehend ins Leben zurückkehrte und Gestalt annahm.

In der Eingangshalle angekommen verteilt Salvatore nebst duftender Gewürzpflanzen die gesamte Schönheit des Gartens; er selbst in strahlend weißem Anzug, höchst würdevoll und andächtig, fast schon ein bisschen übervorteilt, als wolle er den Schnitt des Sommers zu unser aller Bekenntnis machen. Gewiss hat er sich mühelos in unsere Herzen eingeschrieben. Das Einzige, was mich noch an seine Anstellung erinnert, ist die wenig stilvolle Haltung, das Parkett mit nackten Füßen zu beschleichen.

»Es gibt Leute, die Probleme damit haben, erwachsen zu werden«, fällt Anton ihm in den Rücken, »die der Magie von Glasscherben und Nägeln verfallen sind, und wenn es darauf ankommt sogar Feuer fressen, deren Credo es ist, ihren Spieltrieb solange zu wahren, bis sie das Alter erreichen, da sie nichts mehr davon haben.«

»Und dann gibt es da noch die Anhänglichkeiten, die uns immer wieder über den Weg laufen«, positioniert sich Salvatore, »die ihre Lebensneige gegen alle Befindlichkeiten ausspielen, die jede Erscheinung verkörpern nur nicht diese, die man in Erwartung stellt. Erst kürzlich ereilte mich die Vision jener alten Dame, der wir das Betreten der Kapelle mit neu installierten Schlössern erschwerten, wenn ich schildern sollte, in einem wehend weißen Gewandt, mehr behände als gebrechlich. Und es waren nicht die einzigen Überspanntheiten, die mich heimsuchten, kaum eine Parzelle meiner Haut, die nicht Feuer fing und in mir das Gefühl aufkommen ließ, die Welt um mich hätte sich in ein Bündel Fledermäuse verwandelt und es darauf angelegt, den gläsernen Horizont des Portals mit einem Schrei auffliegen zu lassen. Jedenfalls könnte der Tod nicht eindrucksvoller daher kommen.«

»Eines der erstaunlichsten Phänomene ist wohl jenes, das man sich selbst einredet«, tänzelt inzwischen auch Annika über die staubigen Fließen der Eingangshalle, »die Landschaft ungenutzter Möglichkeiten ist im Umbruch und war nie so anfällig wie heute. Vielleicht war die alte Dame eine verkleidete Nymphe, oder sollte ich sagen, das leibhafte Ebenbild Morganas. Möglicherweise hat sie den Supraleiter der Antischwerkraft genutzt und ist im Verbund transzendentaler Begebenheiten dem Quell allen Ursprungs begegnet. Wie gesagt, die Normalität hängt an einem dünnen Faden. Wer nicht sein kann, was er sein möchte, nimmt jede Marionette in Kauf, die Schatulle unserer Fantasie ist voller Metamorphosen, ob Bauer, König oder Henker. Manchmal sind es dann genau die Gestalten, die uns stets fremd blieben, die einer vorausgegangenen Zeit entspringen und Erinnerungen sind, die dem Nichts dienen und der Kosmologie zugeneigt sind. Eigentlich sollten wir damit dem leibhaftigen Tod genügend Reverenzen erteilt haben.«

»Dann will ich keine Zeit verstreichen lassen«, stelle ich mich in den Windzug ihrer Worte, »wer vom Dauerregen fremdartiger Erscheinungen erfasst wird, sollte auf alles gefasst sein, selbst auf das Unfassbare. Die Wünsche und Sehnsüchte heutiger Tage scheinen einem lebendigen Leichnam verpflichtet zu sein, einem Gralshüter der Allmacht, einem Wesen, das alle Denkbarkeiten sprengt und den Metamorph in uns wachrüttelt.«

So überrascht mich dann auch nicht, dass mir beim Betreten der kleinen Kapelle die Inspiration erwächst, mich einer fernweltlichen Atmosphäre auszusetzen. Plötzlich geraten meine Sinne in den Strudel nie zuvor gekannter Direktiven und Diktionen. Da bespielt jemand die Orgel mit rätselhafter Perfektion und Enthusiasmus und klimpert genau die Melodie, die eigentlich nur Eingeweihte kennen sollten.

»Wie du vielleicht bemerkst«, so eine geheimnisvolle Stimme, »wir gehen aus einer gemeinsamen Vergangenheit hervor, der eine traktierte seinen Flügel, der andere sein Gehör. Nicht nur, dass wir ein Geschwisterpaar waren, wir krümelten uns durch eine elternlose Geschichte, jedenfalls bis zu dem Zeitpunkt, da die Wehen des Krieges das Schloss erfassten und uns in alle Winde verstreuten.«

Besiegelt ihre Worte mit einem Kuss auf meine verwunderte Stirn und rät mir, unser gemeinsames Kinderzimmer in Ehren zu halten, irgendwann würde sie zurückkehren, entweder in diesem oder im nächsten Leben. Das Libretto wäre längst nicht zu Ende geschrieben und sei noch für so manchen Eintrag zu haben.

Gleichwohl ich nun mehr geblendet als sehend die Anwesenheit meiner vermeintlichen Schwester auf die Konturen ihrer virtuellen Wirklichkeit reduziere, scheint sie der Partitur der Schatten zu entfliehen. Und so sehr ich mich bemühe, die prosaische Sektion meiner Gedanken zu kontrollieren, so sehr bestürmt mich die Idee, einem Wesen der dritten Art auf der Spur zu sein. Jedenfalls gelangte sie ohne nennenswerte Schwierigkeiten in die Kirche. Offensichtlich benötigen himmlische Boten weder Pforten noch Wegweiser, um überall präsent zu sein.

Wenn da nicht die Endgültigkeit jener Fragen aufglimmt, die dem Alphabet überdrüssig geworden sind und aus sich selbst herausfallen, inzwischen wurzelt dann auch meine Zunge im Treibsand nie zuvor gekannter Sprachlosigkeit mit Silben, denen jegliches Lippenbekenntnis fehlt, die von der Leere des Atems getragen sind und vergeblich nach Worten ringen, die der Kunst des Zuhörens verpflichtet und dem Weghören zugeneigt sind.

Die eleganteste Art, sich aus dem Leben zu stehlen, flüstert mir eine Stimme zu, besteht wohl darin, andere machen zu lassen, wozu dir selbst der Mut fehlt. So ähnlich mag die Apotheose verfasst sein, mit der Morgana das Ende ihres Skripts beschließen möchte:

»Du solltest deine Bestürzung nicht zur Gefälligkeit deiner Überlegungen machen, hier geht niemand, der nicht schon vorher heimatlos geworden ist. Der Wille der Gestrandeten besteht darin, den Wind als ihr Zuhause zu betrachten, weltabgewandt zu reisen und nicht wirklich anwesend zu sein. Unser Drehbuch ist nach allen Seiten hin offen, es manifestiert sich in der Endlosigkeit des Seins und endet dort, wo aller Irrsinn seine Existenz vernachlässigt, wo sittliche und moralische Schranken hochgefahren werden und heimliche bis unheimliche Begegnungen sich in Nichts auflösen. Alles das solltest du bedenken, wenn du einen Menschen triffst, der den Teufel in seinen Genen spazieren führt.«

Rät mir, den göttlich beseelten Ort gegen ein fröhlicheres Ambiente einzutauschen, die Botschaft des Herzens könne eine Löwenpranke sein, die mit der Gefahr zum Spiel kam und das Spiel zur Gefahr machte.

Sie jedenfalls würde die schöneren Stunden festhalten, insbesondere jene, da wir uns kennen lernten und unsere Seelen zueinander fanden. Unter anderem war es die Musik, die Gefühle und Bedürfnisse zu wecken vermochte, die unsere Wünsche und Sehnsüchte durch ihre Erfüllung verzauberte, die für alles eine Übersetzung fand und der Wahrheit stets einen Schritt voraus war.

Aber wie gesagt, das war gestern, heute ist ein anderer Tag, unersättlich in seiner Direktive, der Moment, da der Horizont die Blitze verschickt, an denen das Leben zerbricht und der Donner seinen Gefallen findet.

FINE

Die genetische Arche

Amnesie - für die meisten nur ein ängstlicher Gedanke - ist für Dr. Stern Realität geworden. Nach seiner plötzlichen Entlassung aus einer Nervenklinik spinnt sich um ihn ein Netz obskurer Ereignisse und Intrigen. Es ist der Anfang eines Höllentrips, bei dem Wahn und Wirklichkeit einander die Hände reichen. Überdies lastet auf dem verwirrten Patienten die traumatische Vorstellung, möglicherweise einen Sexualmord begangen zu haben. Im wilden Strudel dieser Geschehnisse stößt er auf das Computerprojekt »Genetische Arche«, dem die Bausteine des Lebens zu Grunde liegen, ihre unermessliche Vielfalt und alles Wissen der Menschheit. Sehr bald jedoch muss Dr. Stern erkennen, dass deren Erbauer, ohne es zu ahnen, das Gespenst Xetex schufen, jene virtuelle Intelligenzbestie, die mehr als nur Bits und Bytes zu verspeisen trachtet.

2002 ISBN 3-8311-3916-4

Tod der Mücken

»Nichts ist spektakulärer als der Tod, dieses Antigesic sich zum Jenseits hin entfärbt, seine Identität ablegt u Maske des Untergangs wird.«
In diesem Sinne reflektiert Tod der Mücken dann auch mehr als nur den Verlust der lästigen Insekten. Skizziert werden die neurotischen Antennen des Radiomoderators Samuel Nemo, der sich in seiner Rolle als säkularisierter Telefonseelsorger überfordert sieht. Gelang es ihm bisher, die bizarren Ambitionen seiner Gäste mit den Mücken an die Wand zu

klatschen, erwachsen ihm nun vermehrt genau die Geister, die er eigentlich zu beerdigen gedachte.

Und da der Psychococktail überdies mit Drohbriefen und Mordabsichten aufgeschüttelt ist, sieht sich der Leser einem veritablen Verwirrspiel gegenüber, letztendlich mit der bangen Frage, inwiefern Nemo noch fähig sein wird, die Partitur seines Selbst zu dirigieren.

2005 ISBN 3-8334-1853-2

Stadt der Fledermäuse

Könnte es sein, dass bei der Transplantation eines Herzens auch Gefühle, Ängste und Träume auf den Empfänger übertragen werden? Diese Frage muss sich der junge Kantor Alexander Levin stellen, als er sich in die schöne Ministrantin Lara verliebt. Sie fühlt sich von bösen Ahnungen gejagt, die auf das Schicksal einer anderen, längst verstorbenen Person hinweisen. Plötzlich häufen sich merkwürdige Todesfälle. Eine Mumie wird gefunden, die keine Mumie ist. Und dann gibt es da noch ein Buch, in dem all diese seltsamen Ereignisse bereits vorweggenommen scheinen. Dirigiert die Handlung eines Romans die Gegenwart?

Heinz J. Schiffer entführt den Leser in die mystische Welt der Fledermäuse, in sinnliche und übersinnliche Gefilde, wo sich Realität und Phantasie überlagern – bis sich die Wahrheit schließlich als trickreiches Artefakt entpuppt. Ein schaurig hintergründiges Lesevergnügen.

2008 ISBN 978-3-8370-0908-8